Christina Kupczak
ÜBERFAHRT

Christina Kupczak

ÜBERFAHRT

Eine phantastische Erzählung aus Nordfriesland

mit Zeichnungen der Autorin

Bibliografische Information der Deutschen Nationalbibliothek:
Die Deutsche Nationalbibliothek verzeichnet diese Publikation
in der Deutschen Nationalbibliografie; detaillierte bibliografische Daten sind im Internet über http://dnb.dnb.de abrufbar.

Covergestaltung: Lutz Riehl
Zeichnung: Christina Kupczak

© 2020 Christina Kupczak

Herstellung und Verlag: BoD – Books on Demand, Norderstedt
ISBN: 9783752690330

Gewidmet der einmaligen und geheimnisvollen Welt

der Halligen in der Nordsee[1]

---

[1] Der Grabstein mit dem Boot der Toten befindet sich auf dem Friedhof von Hallig Hooge/Kirchwarft. Er ist ein Kunstwerk des Bildhauers Ulrich Lindow, Husum-Schobüll

Dank an Lutz Riehl
für Lektorat, Editierung sowie Rat und Tat

ÜBERFAHRT

Spiegelglatt, völlig ruhig schien die See – darüber ein strahlend festlicher Spätherbsthimmel auf dem sich riesige weiße Kumuluswolken bewegten.

Was war Meer? Was war Himmel? Der Himmel erschien wie ein hochgewölbtes irreales Meer mit seltsamen Wolkenschiffen. – Nur die Fähre wirkte real, geradezu alltäglich in dieser traumhaften Szenerie. Es war ruhig, fast still, obwohl viele Menschen auf dem Deck saßen und die Spätsommersonne genossen. Kaum jemand sprach, die meisten schauten fasziniert auf die See hinaus. – Der *Blanke Hans*, so wird die Nordsee von den Friesen genannt, zeigte sich von seiner freundlichen Seite. Ein merkwürdiger Begriff, eine Mischung aus Vertraulichkeit, Zärtlichkeit und auch Furcht. Der *Blanke Hans* kann sich ganz anders zeigen und im Laufe der langen Besiedlungsgeschichte der nordfriesischen Inseln hatte er immer wieder Häuser, Dörfer und ganze Landschaften zerstört. Unvergessen ist die große Mandränke von 1362 und die Sturmflut von 1634, als die Insel *Strand* zerrissen wurde und die heutige Halligwelt entstand. 1962 und 1976 gab es weitere Sturmfluten, die jedoch glimpflich abgingen. Die Menschen hatten gelernt mit dem *Blanken Hans* zu leben. Aber der Respekt blieb. – Nun aber ein Bild des Friedens. Keine Geräusche, kein Wellenschlag. Die Möwen waren zurückgeblieben, die Fähre glitt lautlos durch das Wasser.

Aus dem Wasser kommt das Leben, auch die Landtiere waren zunächst Amphibien, bis sich weitere Arten ausbildeten und die Erde eroberten. Das Wasser ist auch eine Metapher für das Unbewusste, Vorbewusste. In Träumen erleben wir oft dieses Element als befreiend oder auch schrecklich. Es ist merkwürdig wie sich Schwimmen und Fliegen ähnlich sind. Beide Male scheint man körperlos geworden zu sein, beide Elemente ähneln sich in den Farben, auch in der Wirkung auf den menschlichen Körper. Weit auf das Meer hinausschwimmen oder mit dem Gleitschirm hoch über der Erde zu fliegen sind Grenzerfahrungen, eine andere Dimension wird spürbar.

In Mythen und Märchen trennt das Wasser das Diesseits vom Jenseits. Die Griechen erzählten vom Styx, einem Fluss auf welchem die Toten in eine andere Welt gebracht werden. Im Er–Mythos von Platon müssen die Seelen am Fluss Lethe trinken bevor sie wieder auf die Welt kommen. Wer zu viel Wasser aus dem Lethefluss trinkt vergisst sein Vorleben, wer sich beherrscht und trotz großem Durst wenig trinkt, behält ein Ahnen von einem früheren Dasein. Im Wort *lethargisch* blitzt diese alte Vorstellung auf. Wasser beruhigt, trägt, erfrischt, heilt. Aber es ist auch das Gegenteil: der Schwimmer, der in einen Strudel gerät, das untergehende Schiff, Überschwemmungen und Sturmfluten töten Menschen. Menschen werden auf dem Wasser still, nachdenklich und ein seltsames Loslassen regt sich in vielen.

Die Halligwelt ist mit ihrem Ausgeliefertsein in den Sturmfluten der Nordsee ein Ort scheinbar zwischen Himmel und Erde. Geist und Seele werden weit, gelöst, merkwürdig getröstet in den wenigen Urlaubstagen, die ein Festlandbewohner hier erleben darf. – Zauberhaft der Anblick dieser winzigen Eilande mit ihren Warften, die wie auf einer Schnur aufgereiht erscheinen und scheinbar wie kleine Rasenstücke auf dem Wasser liegen. Die Flüchtigkeit und Zerbrechlichkeit unserer Erde und des eigenen Lebens werden so greifbar wie nirgends sonst. Vergänglichkeit und auch Schönheit wehen uns an. –

Für die Menschen, die dort geboren sind und ihre Leben auf den Halligen verbringen, sind dies romantische Gedanken - und doch: Viele haben sich das Bewusstsein für ihre außerordentliche Heimat bewahrt. Die Halligen wurden nicht vermarktet, es gibt keine

Hotelburgen, kein Strandleben, keine Bars und keine Bespaßungsindustrie. So erfahren auch die Gäste diese merkwürdigen Eilande in ihrem ursprünglichen Zauber. Die Friesen, die seit 1000 Jahren hier leben und sich der Natur immer wieder so angepasst haben, dass es Existenzmöglichkeiten gab, sind ein weltoffener, freier und gastfreundlicher Menschenschlag. Man fühlt sich gleich willkommen, schnell ist man im Gespräch, bereitwillig wird erzählt und die neugierigen Fragen beantwortet. Lange Zeit haben die Männer auf den Halligen als Walfänger die Weltmeere befahren und die kleinen Heimatmuseen, Kirchen und Pesel künden von einer Zeit, wo kaum jemand so weit reisen konnte. Preziosen aus China und Japan, wundervolle holländische Kacheln und Exponate der religiösen Kunst überraschen die Besucher.

Da berühren sich Himmel und Erde… heißt es in einem Lied. Wer weiß? Wenn es Orte gibt, an denen dies möglich ist - dann sind es die Halligen.

Die ersten Möwen erreichten die Fähre. Auf dem Unterdeck wurde es unruhig, Menschen stiegen in Autos, suchten ihre Gepäckstücke, zwangen sich wieder zurück in die Gegenwart. Immer mehr Möwen umkreisten das Schiff, schrien ihr Willkommen den Reisenden entgegen. Ein hohes gelbes Tor kam ins Blickfeld: *Willkommen auf Hallig Hooge* war zu lesen. Viele Menschen warteten an der Anlegestelle auf die Fähre,

Abreisende und Einheimische, die ihre Gäste abholen wollten. Dann ein kurzes Rucken und Scheppern als die Landungsbrücke ausgefahren wurde, viele Stimmen riefen durcheinander, eine freudige Ankunftsstimmung verbreitete sich. Gemächlich fuhren die Autos los, einige Baufahrzeuge folgten und die Menge der Urlauber betrat hoffnungsfroh dieses magische Fleckchen Erde. Die wunderbar salzige Seeluft, der ständig wehende Wind, die wärmende, aber nicht stechende Sonne… die Erwartungen der stadtmüden Reisenden wurden erfüllt. Da wartete auch der urige gelbe Pferdebus mit den stämmigen Kaltblütern auf die Fahrgäste.

Hier war alles anders – jedenfalls für die Touristen. Für die Einheimischen gab es wie überall einen Alltag, Pflichten und die Terminmühle, die ständig zu befolgen war. Trotzdem: Ist es nicht ein Privileg hier geboren zu sein, hier eine Heimat zu haben?

Nach und nach leerte sich die Anlegestelle, alle eilten zu ihrem Feriendomizil, die Fähre hatte schon wieder abgelegt und steuerte Langeneß an.

Und doch: da war doch etwas…oder war es die untergehende Sonne, die ein merkwürdiges Farbenspiel hervorbrachte? Da glitzerte und irisierte eine Wolke von kleinen Lichtern. Eine Wolke? Nein, die Umrisse eines Menschen wurden sichtbar, vermutlich ein Mann, recht groß, stattlich, ein mächtiger Kopf…

Aber mehr war nicht zu erkennen, kein Gesicht, keine Kleidung, nur die Umrisse. Er bewegte sich etwas unsicher, tappte hin und her, blieb stehen, schien sich umzuschauen. Suchte er etwas? Dann senkte er den Kopf und bewegte sich auf das Ufer zu, langsam näherte er sich dem Alten Anleger. Es war merkwürdig, wie er durch eine Gruppe laut lachender Urlauber hindurchging. Keiner schien ihn zu bemerken und er schien sich um die anderen auch nicht zu kümmern, er ging einfach durch die Menschen hindurch. Der frische Wind am Ufer beeinträchtigte ihn nicht. Er lief bis zum Windstein, setzte sich auf eine Bank und schaute auf die See hinaus. So saß er lange Zeit unbewegt, teilnahmslos. Doch er war nicht der einzige Buntschatten – oder wie soll man die Erscheinung sonst nennen? Eine weitere kleinere Figur, ebenfalls schillernd und glänzend, in den Umrissen als Frau erkennbar, stieg von den Stufen des Alten Anlegers hoch, stutzte als sie den Ankömmling bemerkte und trat langsam auf ihn zu. Dieser schien überrascht, streckte den Arm aus, machte eine einladende Bewegung. Aber die zweite Erscheinung blieb stehen. Unterhielten sich die beiden? Ja, offensichtlich, aber Worte wurden nicht gewechselt, sehr merkwürdig. Es waren Gedanken, die ausgetauscht wurden, lautlos, sprachlos und doch klar zu verstehen.

Waren Sie auch auf der Fähre?, begann der Sitzende und die Antwort kam sofort:

Ja, natürlich und viele andere auch. Wo sind sie nur? Hektisch bewegte der Buntschatten seinen Kopf, schien zu suchen.

Da waren keine anderen!

Doch, sicher, da waren noch viele andere, aber jetzt habe ich sie verloren. Was soll das alles? Wo bin ich? Wer sind Sie? Was ist mit mir los? Eine lautlose Verzweiflung wurde spürbar.

Ach, machen Sie sich keine Gedanken. Es geschieht was geschieht. Die Möglichkeit zu handeln, zu entscheiden, haben wir nicht mehr. Das ist vorbei. Wir müssen uns fügen.

Fügen? Was soll das heißen? Ich will mein Leben zurück, meinen Alltag. Wo bin ich hier? Was ist das für ein Zustand? Mein Körper…, meine Stimme… Ich verlange Aufklärung! Was ist los mit uns?

Wir sind tot, meine Liebe. Das ist das Einzige, was ich momentan erkennen kann, und alles andere kann ich Ihnen auch nicht beantworten.

Tot? Sie sind verrückt! Das ist alles Blödsinn…sowas gibt es nicht.

Ich fürchte: das gibt es doch. Was soll sonst mit uns los sein? Wir lösen uns auf, verlieren unser Leben, das was wir waren. Schauen Sie mal das Liebespaar, das gerade auf uns zukommt. Die müssten uns doch sehen, die müssten doch erschrecken – vor uns komischen Figuren: keine Kleider, keine Körper, keine Gesichter. Und was machen sie?

Tatsächlich kamen auf dem Uferweg ein junger Mann und eine junge Frau in lebhafter Unterhaltung vorbei. Nun blieben sie stehen, umarmten sich, schauten auf die See hinaus, liefen eng umschlungen weiter.

Na, sagte der sitzende Buntschatten, *die hätten uns doch sehen müssen? Aber sie haben nichts gesehen, sind einfach vorbeigegangen. Wir sind für die nicht mehr erkennbar, unsichtbar.*

Ich protestiere! Der gedankliche Aufschrei war unhörbar, doch vernehmlich. *Das glaube ich nicht, ich war eben noch zuhause, habe die Vorhänge aufgehängt, das habe ich auch den anderen erzählt, die mit auf der Fähre waren. Wo sind sie jetzt? Halloo…* Die Figur hob die Hände ans Gesicht, schien zu rufen.

Beruhigen Sie sich, es dauert wohl eine Weile, bis man begriffen hat, dass man tot ist, ging wohl sehr schnell bei Ihnen? Bei mir übrigens auch.

Was heißt das? Ging schnell?

Na, bei mir war es ein Autounfall. Glatte Straße, Regen, Nebel, Scheinwerfer, die mich blendeten… daran erinnere ich mich noch. Dann war ich plötzlich auf der Fähre. Ich stand auf dem Unterdeck am Heck. Die ganze Überfahrt war ich verstört, hilflos, ungern sage ich es. Verzweifelt.

Aber spätestens jetzt, wo ich erkenne, dass ich kein Einzelfall bin, jetzt ist mir eindeutig klar: Ich bin tot.

Der kleinere Buntschatten stieß ein unhörbares hysterisches Gelächter aus: *Tot? Hören Sie auf mit dem Quatsch, das kann doch alles nicht wahr sein. Ja, vielleicht bin ich von der Leiter gefallen und bewusstlos, ich habe Phantasien.*

Sie sind nicht bewusstlos, meine Gnädigste, Sie sind tot.

Ich muss zurück! Mein Mann, mein Sohn, was sollen sie ohne mich machen? Das Abendessen steht auf dem Herd. Herrjeh… hoffentlich brennt es nicht an.

Es ist schon angebrannt, aber es geht Sie nichts mehr an. Vorbei.

Vorbei? Die Gestalt sank in sich zusammen, suchte Halt an der Bank und setzte sich neben den großen Buntschatten. *Ich habe Angst…* flüsterten ihre Gedanken. *Angst…das darf doch nicht sein, eben noch auf der Leiter und jetzt? Was tue ich hier? Warum hier?*

Darauf habe ich auch keine Antwort. Jedenfalls scheinen wir noch auf der Erde zu sein, die Welt ist real: Nordsee, Inseln, diese seltsamen Halligen. Was unterscheidet eigentlich eine Hallig von einer Insel? Er fuhr fort, ohne eine Antwort zu erwarten: *Aber warum hier? Ich lebte im Süden, hier war ich noch nie.*

O Gott... o Gott... o Gott... was soll aus uns werden?

Ich glaube darüber entscheiden andere, wir jedenfalls nicht. Mir ist auch mulmig, können Sie mir glauben. Aber Sie haben von anderen erzählt. Wo sind sie?

Ich weiß es nicht, da war eine Gruppe auf dem Schiff, aber die haben alle nicht geredet. Ich habe sie angefleht, aber niemand wollte mir antworten.

Wundert Sie das? Wenn die so sind wie wir, dann wissen sie auch nicht mehr.

Es war etwas wie ein Weinen zu vernehmen: *Mein Mann, mein Sohn, sie brauchen mich. Sie können ohne mich nicht leben.*

Wenn Sie sich da mal nicht täuschen.

Aber ich habe mein ganzes Leben auf sie ausgerichtet. Ich habe immer alles für sie getan, ich war immer für sie da, ich habe es immer gut gemeint.

Dann müssen Sie ein glückliches Familienleben geführt haben.

Schweigen.

......nun ja, glücklich ist wohl zu viel gesagt. Arbeitsreich war es, ja, sehr arbeitsreich. Mein Gott: warum sage ich WAR?

Weil Sie beginnen abzuschließen, Sie schließen ihr altes Leben ab.

Nein! Auf keinen Fall. Ich will zurück in mein Leben, ich habe ein Recht darauf.

Soso… ein Recht? Wo wollen Sie es einklagen? Gibt es dafür einen Gerichtshof?

Hören Sie auf zu spotten, wir sind in einer verzweifelten Lage.

Eben deshalb sollten wir einen klaren Kopf behalten.

Wieviel Uhr ist es? Meine Armbanduhr ist weg, mein Smartphone, meine Kleider… ich fasse es nicht. Der kleine Schatten war aufgestanden und lief unruhig hin und her.

Also nach dem Sonnenstand zu urteilen schätze ich mal, dass es Spätnachmittag ist, so ungefähr 17 Uhr oder später.

17 Uhr… ich habe mit dem Aufhängen der Vorhänge um 16 Uhr angefangen. Im Schlafzimmer und Kinderzimmer war ich schon fertig. Da gab´s nur noch die schweren Vorhänge für das Wohnzimmer. Meine Arme waren schon schwach, der Rücken tat mir weh, ja, und mit einem Fuß bin ich seit dem Unfall auch etwas unsicher. Altbauwohnung… schön und gut, aber hohe Räume. Fensterputzen und Vorhänge aufhängen das ist Schwerarbeit. Über zwanzig Jahre mache ich das.

Entschuldigung, Sie erzählten vom Kinderzimmer. Also sind Sie noch jung? Haben Sie noch kleine Kinder?

Nein, nein. Ich bin 55 Jahre alt. Und mein Sohn ist bald 30. Er lebt bei uns, ist mir auch ganz recht, da weiß ich, wo er ist und was er macht. Das Studium wird er hoffentlich bald abschließen.

Studium? Mit fast 30 Jahren? Er hätte Ihnen doch beim Aufhängen der Vorhänge helfen können.

Eine abweisende Armbewegung war die Antwort: *Wo denken Sie hin? Das ist meine Aufgabe. Jeder hat bei uns seinen Bereich. Mein Mann verdient gut, wir können uns eine großzügige Wohnung leisten, und der Junge hat auch jede denkbare Förderung bekommen. Nein, nein. Das ist schon in Ordnung so. Ich war gerne Hausfrau, hab alles immer gerne getan und war stets für meinen Mann und meinen Sohn da.*

Aha… sehr komfortabel für die Männer. Dann müssen Sie viel Anerkennung und Dankbarkeit erfahren haben.

Schweigen.

Die Stimmung bei der kleinen Gestalt schlug um: *Dankbarkeit? Anerkennung? Pah, nicht ein Fitzelchen. Forderungen! Täglich Forderungen ohne Ende und immer der Verweis darauf, dass ich schließlich kein Geld verdiene. Meine Ehe…gescheitert würde ich das nicht nennen, aber die letzten Jahre haben wir nur noch nebeneinander her gelebt. Versorgungsehe. Mein Lichtblick war mein Sohn, er ist ganz anders als sein Vater.*

Soso…dann war er bestimmt dankbar und hat sie unterstützt?

Das wollte ich nicht…wissen Sie: meinem Sohn soll es besser gehen, er soll an eine sorgenfreie glückliche Kindheit und Jugend denken können. Ich habe immer alles für ihn getan. Er war auch brav, blieb gerne zuhause … nur langsam könnte er doch eine Freundin haben. Aber da weicht er mir immer aus. Mein Gott, es war noch so viel zu tun: sein Zimmer war noch nicht geputzt, der Müll stapelte sich im Flur… wo bin ich? Ich will zurück! Die Gedanken endeten in einem verzweifelten Schluchzen.

Es gibt kein Zurück, war die stoische Antwort ihres Gesprächspartners. *Wir sind raus, raus aus dem Leben.*

Das kann nicht sein, das glaube ich nicht…, schrie es.

Ob Sie es glauben oder nicht ist gleichgültig, es ändert nichts an den Tatsachen.

Lange Zeit war ein Weinen zu vernehmen. Das Tageslicht verschwand zunehmend. Die Sonne würde bald untergehen, das letzte Licht verlöschen.

Was machen wir nun? Sagen Sie doch etwas!

Ein Seufzer war zu hören: Machen? Keine Ahnung. Ich glaube nicht, dass wir in diesem Zustand etwas machen können. Wir können nur noch abwarten.

Abwarten? Auf was?

Irgendwie wird es weitergehen – nachdem wir sozusagen den eigenen Tod überlebt haben, wird es weitergehen.

Aber wie? Wo? Wir können doch nicht die ganze Nacht hier sitzen bleiben. Wir sollten etwas essen, und ich brauche eine Unterkunft.

Brauchen wir das? Haben Sie Hunger? Durst? Sind Sie müde?

N...nein, sehr komisch. Ich bin nicht müde, ich bin nicht hungrig.

Also bleiben wir hier und warten ab.

Das Weinen wurde stärker....

Am Himmel zeigte sich ein wundervolles letztes Farbenspiel in Blau, Rot, Rosa und Gold. Dann erlosch das letzte Licht, und die Dunkelheit verschluckte alles.

Die Nacht war bereits leicht frostig gewesen, die Nähe des Herbstes wurde spürbar. Dann kündigte sich der Morgen an, zuerst mit einem hellen Streifen am Horizont, der sich langsam verbreiterte. Die ersten Sonnenstrahlen griffen nach dem Firmament – die Sonne tauchte aus dem Meer auf – ein grandioser Anblick. Millionenmal hatte sich dieses Schauspiel ereignet und immer die Menschen in Bann gezogen. Doch die beiden Figuren auf der Bank schienen völlig unbewegt.

Der kleine Buntschatten bewegte sich, stand auf, drehte sich um, musterte die Landschaft.

Es ist Morgen – was auch immer geschehen ist, aber wir sind nicht tot. Für Tote gibt es keinen Morgen.

Wo steht das? Haben Sie Erfahrung mit dem Tot-Sein? war die lakonische Entgegnung.

Lassen Sie mich in Ruhe. Ich muss die Sache in die Hand nehmen, endlich handeln. Hier - diese Straße führt hoch auf den großen Hügel, da stehen etliche Häuser. Vielleicht gibt es dort eine Behörde? Ein Bürgermeisteramt? Ja, ich werde dahin gehen und Aufklärung verlangen.

Viel Erfolg, bemerkte der Große mit ironischem Unterton.

Die kleine Figur wandte sich ab, überquerte die Wiese und folgte der Straße. Der große Buntschatten blieb noch lange Zeit sitzen. Er konnte sich anscheinend vom Meer und dem Farbenspiel des Himmels nicht trennen. Dann - nachdem die Sonne sich bereits dem Zenit näherte - stand auch er auf und betrat die Straße. Der gelbe Pferdebus kam ihm entgegen und der Wanderer blieb stehen, nein, er stellte sich dem großen Gefährt entgegen, mitten auf der Straße. Kein Ruf, kein Zögern oder Scheuen der Pferde. Die Kaltblüter trabten gleichmütig weiter, einfach durch die schillernde Figur hindurch. Der lange Wagen fuhr über ihn weg. Aber: kein Unfall, kein Verletzter. Der Buntschatten schüttelte leicht den Kopf und ging gemächlich auf den Hügel zu.

Der Anstieg war recht steil und offensichtlich neu gebaut. Plötzlich blieb der Große stehen. Er hatte am Fuß des Hügels eine weitere Buntschattenfigur entdeckt. Recht groß, schlank und ziemlich aufgeregt, den Umrissen nach eine Frau. Sie bewegte sich hektisch von einer Straßenseite auf die andere. Nun hatte sie den Ankommenden entdeckt und eilte auf ihn zu.

Halt! Sie da! Wer sind Sie? Können Sie mich sehen? Verstehen?

Der große Buntschatten blieb bei seinem Schritttempo und meinte: *Natürlich kann ich Sie verstehen… natürlich - was für ein Wort. Ist unser Zustand natürlich? Vielleicht – wer weiß, schließlich bin ich das erste Mal tot.*

Tot? Was soll das heißen?

Tot ist tot, Madame. Ich nehme mal an, dass Sie weiblichen Geschlechts waren.

Waren? Ich bin weiblichen Geschlechts. Das ist doch nicht zu übersehen.

Wenn ich ehrlich bin: doch, es ist zu übersehen. Aber die Art wie Sie sich bewegen ist nun mal typisch weiblich.

Der große schmale Buntschatten blieb stehen, es sah aus, als ob die Figur die Arme verschränken würde: *Stopp, das müssen Sie mir erklären.*

Erklären? Erklären kann ich gar nichts, nur schlussfolgern und das Einzige, was ich mit Sicherheit sagen kann ist: wir sind tot.

Ein hysterisches Gelächter war die Antwort.

Oh nein, durchfuhr es den Großen, *bereits die zweite verrückte Person. Wenn ich schon tot bin und hier herumlaufen muss: warum kann ich nicht einen Toten treffen, der vernünftig ist?*

Mein Herr, ich nehme mal an, es handelt sich bei Ihnen um einen Herrn. Also, mein Herr: Ich fühle mich quicklebendig.

Aha – und haben Sie gesehen, wie der Pferdebus durch mich hindurchgefahren ist? Ist das normal? Und überhaupt: wo sind wir hier?

Die Gestalt zappelte, schlug die Arme auf und nieder, kam dann sehr nah an den anderen heran und meinte hektisch: *Wo wir sind weiß ich auch nicht. Merkwürdige Landschaft, sowas habe ich noch nie gesehen. Schon diese Fahrt auf der Fähre war unerklärlich. Ich habe ja viel Erfahrung mit Schiffsfahrten – große meine ich – Kreuzfahrten. Mein Gott, wie wunderbar waren diese Reisen. Aber was mich hier auf diese schäbige Fähre verschlagen hat – keine Ahnung. Haben Sie eine Antwort?*

Der Tod.

Spinnen Sie nicht herum! Seit wann können Tote sich bewegen und unterhalten?

Waren Sie schon einmal tot? Können Sie sich erinnern?

Nein, natürlich war ich noch nie tot und wenn ich´s wäre, dann wäre ich mausetot und würde nicht herumlaufen.

Schönen Tag noch, war die Entgegnung, und der große Schatten schlug einen kleinen Bogen um die Aufgeregte herum, setzte seinen Weg fort.

Warten Sie doch, warten Sie…, schnatterte es hinter ihm her, *wenn schon, dann gehen wir zu zweit. Vielleicht finden wir die anderen wieder – ich meine die vom Schiff.*

Der große Buntschatten stieg langsam den Hügel hinauf, hinter ihm rannte die dünne Figur und redete ununterbrochen, während sie wild dazu gestikulierte.

Vor dem ersten Haus stand ein weiterer Buntschatten: mittelgroß, strahlend. Irgendwie wirkte die Figur sehr ruhig, gelöst und freundlich. Sie hob die Hand wie zum Willkommen, verbeugte sich leicht, und die beiden anderen vernahmen: *Willkommen auf meiner Heimatwarft. Die anderen sind schon da.*

Welche anderen, die von der Fähre?, plapperte der schmale Buntschatten los.

Ja, war die freundliche Antwort, *wir sitzen am alten Fehting, kommen Sie.* Und sie drehte sich um, lief in die kleine Häusergruppe hinein.

Die Drei befanden sich auf der größten Warft der Hallig. Aber was heißt hier schon groß? Mehrere Klinkerbauten duckten sich zusammen, wie eine kleine Schafherde. Sturmerprobte Bäume schützten die Anlage, spendeten Schatten. Es war viel Betrieb, Gruppen von Touristen bevölkerten die Gartenlokale, standen in Schlangen vor den Fressbuden, ein winziges Kino, das Sturmflut-Kino, hatte gerade die Türen geöffnet, und die Besucher strömten ins Freie. Shops mit allem möglichen und unmöglichen Schnickschnack waren voll mit Besuchern, eine Schulklasse hatte sich mit Eis- und Pommestüten auf den Bänken vor dem Kino niedergelassen. – Die drei Buntschatten wurden regelrecht von den hin und her eilenden Menschen überrannt. Überrannt, nein, ein falsches Wort. Sie gingen durch diese buntglitzernden Figuren einfach durch als wären sie Staubwolken, niemand nahm sie zur Kenntnis, niemand sah sie.

In der Ortsmitte gab es zwei größere Wassertümpel. Einer war tiefer gelegen von viel Schilf umstanden, und da hockten und standen tatsächlich noch andere Buntschatten. Manche aufrecht wie versteinert, andere gebückt, zwei liefen mit auf dem Rücken verschränkten Armen unruhig hin und her. Spannung und Nervosität ging von allen aus.

Die freundliche Figur stieg die kleine Böschung hinunter, die beiden anderen folgten. Dann hob der heimische Buntschatten beide Arme und alle vernahmen: *Willkommen auf meiner Hallig, in meiner ehemaligen Heimat. Ich begrüße Sie alle – aber wie ich sehe sind wir noch nicht vollzählig. Die Gestalt streckte den Finger und begann zu zählen: 1,2,3,4…9 sind wir, also drei fehlen noch. Na, sie werden schon noch zu uns stoßen.*

Moment mal, Moment, kam Protest vom dünnen Schatten: *Was wissen Sie? Waren Sie auch auf der Fähre? Überhaupt: Wer sind Sie?*

Die leicht gebückte, sehr freundlich wirkende Gestalt öffnete wieder die Arme und entgegnete: *Entschuldigen Sie, natürlich muss ich mich zuerst vorstellen: Nennen Sie mich Maria, so hieß ich und lebte mein ganzes Leben hier auf der Hallig. Dort in dem kleinen Backsteinhaus mit dem offenen Fenster. Sehen Sie das? Das war mein Elternhaus, und dort war mein Zuhause, 88 Jahre lang.*

Wieso WAR?, platzte wieder der dünne Buntschatten heraus, *Sie sind doch noch hier.*

Nun ging etwas wie ein Lächeln von Maria aus: *Ich muss WAR sagen, denn meine Lebenszeit ist vergangen, abgeschlossen. Ich bin jetzt in einer anderen Form oder vielleicht kann man sagen „Dimension" – wie Sie alle.*

Was heißt das – andere Dimension?, kam es giftig zurück.

Wir sind nicht mehr unter den Lebenden. Ich denke, das ist doch den meisten bewusst, und für uns alle wäre es einfacher wenn auch die, die noch verwirrt und unsicher sind, sich jetzt dazu durchringen könnten, diese neue Form zu akzeptieren.

Ich bin nicht tot! Ich weigere mich!

Dummen Gans!, kam es wütend von einem anderen Buntschatten, ganz klar einem Mann.

Ich kann das auch nicht glauben, wimmerte die kleine Hausfrau, die vorausgeeilt war.

Ein Stimmengewirr erhob sich. An der Gestik der Gestalten konnte man Unmut, Verzweiflung und Wut ablesen.

Langsam, langsam..., meldete sich Maria wieder, und obwohl sie keineswegs laut und befehlend agierte, setzte sie sich doch durch. *Ich schlage vor, dass wir uns alle kurz vorstellen, am besten mit unseren bisherigen Namen und mitteilen, wer wir waren und was wir gemacht haben.*

Waren, waren..., nörgelte der dünne Schatten.

Gut, ich mache den Anfang, kam es von einer großen Figur, die etwas vortrat. *Ich bin Rolf, 68 Jahre alt, Schulleiter, verheiratet, zwei Söhne. Ich war auf der Fähre, und ich registriere langsam, was mit mir passiert ist. Es scheint so, dass ich mein altes Leben verlassen habe. Ist das der Tod? Tot ist doch tot? Aber noch bin ich da, wenn auch in diesem seltsamen Zustand.*

Ein zierlicher kleiner Schatten hob die Hand: *Mein Name ist Esther, 33 Jahre alt, verheiratet. Ich habe zwei Kinder...*, ein Schluchzen war zu hören, *...oder ich muss sagen: ich hatte zwei kleine Kinder. Was auch immer das ist, was ich jetzt erlebe: Ich weiß, dass ich tot bin, ich mache mir nichts vor. Drei Jahre war ich krebskrank, und die*

Krankheit hat mich besiegt. Es ist jetzt vorbei. Ich weiß, dass ich mein altes Leben hinter mir habe.

Blödsinn!, kam es wieder vom dünnen Schatten.

Ein Zischen erhob sich und recht grobe Zurechtweisungen: *Shut up! Zuhören!*

Der Nächste war offensichtlich wieder ein Mann: *Ahmed, 34 Jahre, Flüchtling aus Syrien. Ich habe zu oft den Tod gesehen,x und ich weiß: ich bin jetzt tot, was immer auch dieser Zustand bedeutet. Es gibt kein Zurück. Ich starb an den Spätfolgen der Folter, mein Körper und auch meine Seele machten einfach nicht mehr mit.*

Schweigen.

Dann trat der große Buntschatten mit dem mächtigen Kopf vor: *Rudi, 77 Jahre, Autounfall, nachts auf glatter Straße. Ich kann es immer noch nicht fassen, aber ich muss es langsam einsehen…, ich bin tot.*

Die kleine Hausfrau schluchzte: *Nelly, Hausfrau, 55 Jahre. Ich will es nicht glauben…aber…, aber langsam bin ich unsicher. Ich stand zuhause auf der Leiter und wollte die schweren Vorhänge aufhängen – dann riss alles ab, und ich fand mich auf der Fähre wieder.*

Eine zerbrechlich wirkende Figur trat vor: *Andy, 22 Jahre. Ich war von Geburt an behindert, Spastiker. Der Tod überrascht mich nicht, ich habe ihn oft gesehen, im Wohnheim, früher auch in der Schule. Da starben etliche Kameraden, die noch jünger waren als ich. Jetzt war ich dran.*

Alle Köpfe drehten sich in die Richtung des größten Mannes, fast ein Hüne, athletisch gebaut. Er zögerte, bekannte dann: *Klaus, 80 Jahre, Geschäftsmann. Ich habe die Welt gesehen, war erfolgreich, Immobilien hatte ich viele, ein kleines Imperium… hatte, hatte…, Scheiße hier.*

Nun gab es noch den langen dünnen Schatten, der protestiert hatte. Dieser zierte sich, dann aber kam doch: *Anita, 78 Jahre, ich weigere mich immer noch, diesen Zustand als tot zu bezeichnen. Ich war nicht krank, ich war putzmunter. Es ist etwas Komisches passiert. Vielleicht ist alles nur ein verrückter Traum? Es kann nicht sein, dass ich tot bin. Ich nicht!*

Einige lachten abfällig, schüttelten die Köpfe.

Maria ergriff wieder das Wort: *Ich denke mir, dass es nicht einfach ist, diesen neuen Zustand zu akzeptieren. Aber es ist sehr wichtig, dass wir eine Einheit finden, dass wir zur Ruhe kommen und den Tod akzeptieren.*

Wieso sagen Sie das? Woher wissen Sie das? Sind Sie eine Sprecherin? Eine Beauftragte? Was heißt: Drei fehlen noch? Aggressiv hatte sich Rolf gemeldet.

Bitte, denken Sie nicht, dass ich hier die Chefin spielen will. Es ist nur so: Sie alle sind mit der Fähre gekommen — ich nicht, ich lebte hier auf der Hallig, und deshalb fühle ich mich etwas verantwortlich für alle.

Wer sind die Drei, die noch fehlen? Klaus war sehr aufgebracht.

Das weiß ich nicht, ich kenne sie nicht, war die sanfte Antwort, *ich fühle nur, dass noch drei Personen dazu kommen müssen.*

Woher?

Maria zögerte: *Es ist mehr ein Ahnen, kein Wissen. Glauben Sie mir ganz einfach. Wenn die Drei nicht kommen dann habe ich mich eben geirrt.*

Anscheinend sind Sie die Einzige, die das alles nicht komisch findet. Sie wissen vielleicht, was hier gespielt wird? tobte Klaus. *Darf man erfahren, woran Sie gestorben sind?*

An Altersschwäche, klang es sehr ruhig zurück. *Mein Körper war verbraucht, meine Aufgaben erfüllt, ich war vom Leben satt. Und so bin ich einfach gestorben, wie ein welkes Blatt vom Baum fällt. Ein natürlicher Tod, sagten viele, ein schöner Tod.*

Wie wunderbar, flüsterte die junge Mutter und unterdrückte ein Weinen, *das war mir nicht gegeben. Ich musste früh gehen und meine kleinen Kinder und meinen Mann allein lassen. Ich fühle mich wie eine Verräterin.*

Nicht doch, wehrte Maria ab, trat auf die kleine Buntschattenfigur zu und legte den Arm um sie, *unsere Lebenszeit steht nicht in unserer Macht. Lassen Sie los, Sie
haben sich nichts vorzuwerfen.*

Nein, nein, nein!, wütete die große Dünne, *ich spiele hier
nicht mit. Ich will mit euch nichts zu tun haben.- Was ist
das da drüben? Das niedliche Haus mit den Blumen im
Vorgarten? Da sind viele Leute, da will ich hin.*

Das ist der Königspesel, meinte Maria ruhig, *das älteste
Museum in Friesland, ein historisches Kapitänshaus. Es ist
für Touristen geöffnet, eine Sehenswürdigkeit.*

*Da will ich hin! Macht was ihr wollt, ich gehöre zu den Le-
benden. Ich muss einen klaren Kopf bekommen und mich
von diesen Dummheiten befreien. Da, die Tür geht auf, ich
nehme an der nächsten Besichtigung teil.* Sie drehte sich
abrupt um, stieg die Böschung hoch und verschwand
unter den Touristen.

Maria blieb ruhig: *Wir müssen auf sie warten, bleiben wir
geduldig.*

Merkwürdigerweise gab es keinen Widerspruch. Nur Andy fragte: *Was ist ein Königspesel?*

Oh, ein Pesel ist im Friesischen die gute Stube, mit schönen Möbeln und kostbaren Bildern, kleinen Kunstschätzen aus vergangener Zeit. Und Königspesel heißt dieses Haus, weil hier einmal der dänische König übernachtet hat, war Marias Antwort.

Sehr komisch…, sinnierte Rudi, *soviel gutes Essen rings herum. Frischer Fisch, Salate, Bier. Wie gern habe ich gegessen. Aber jetzt.., jetzt kommt mir Essen geradezu absurd vor.*

Sehen Sie, lächelte Maria, *das ist schon ein Fortschritt. Sie verändern sich, und wir müssen uns alle verändern.*

Ahmed ging in die Hocke. *Gut, warten wir auf die Frau. Irgendwann wird sie es einsehen, dass wir keine Menschen mehr sind. – Und wo sind wir hier? Was ist das für ein Wasserloch?* Er deutete auf den kleinen Tümpel.

Maria antwortete eifrig: *Das ist ein Fehting, ein Süßwasserteich. Wissen Sie: auf einer Hallig gibt es keine Quellen, wir sind vom Meer umgeben und brauchen Süßwasser. Also hat man in früheren Zeiten diese Fehtinge angelegt, um das Regenwasser zu sammeln.*

Das ist immer noch so?, staunte Ahmed, *hier in Deutschland?*

Nein, nein. Seit 1962, seit einer großen Sturmflut, die vieles zerstörte, gab es viele Neuerungen. Heute gibt es Wasserleitungen vom Festland, auch mit elektrischem Strom werden wir von dort versorgt, erklärte Maria.

Langsam löste sich etwas die verkrampfte Atmosphäre. Auch Nelly konnte sich etwas beruhigen: *Und Sie haben Ihr ganzes Leben hier verbracht? War das nicht langweilig? Eintönig?*

Keineswegs, lachte Maria, *ganz im Gegenteil. Es war spannend, und ein anderes Leben hätte ich mir nicht vorstellen können. Sicher, in jungen Jahren hätte ich auch auf's Festland heiraten können, aber es scheiterte immer daran, dass meine Verehrer nicht auf der Hallig leben wollten.*

Dann sind Sie ledig geblieben?

Nein, ich war verheiratet. Mein Mann war von der Hallig und wir hatten einen Sohn.

Hatten?

Ja, mein Sohn starb leider schon mit 50 Jahren, auch meine Schwestern starben   recht früh.

Wir schrecklich für Sie…

Ja, es war schon seltsam, dass ich alle überlebte. Dann aber habe ich mir neue Aufgaben gesucht und meinem Leben einen neuen Sinn gegeben.

Ich beneide Sie, flüsterte die junge Mutter, *Sie konnten abschließen. Sie wirken so zufrieden und fast glücklich.*

Das war nicht immer so, es kostet viele Kämpfe nach den Verlusten eine neue Spur zu legen, oft war ich auch verzweifelt.

Warum sind wir hier an diesem Ort zusammen?, schoss es aus Rudi heraus, *wir kannten uns nicht, wir lebten an verschiedenen Orten. Gibt es etwas, das uns verbindet? Ich kann nichts erkennen.*

Eine gute Frage, ich weiß es auch nicht, bestätigte Maria, *aber vielleicht können wir es herausfinden?*

Wozu? Das ist doch alles nur sinnlos, grausam und wie ein schreckliches Spiel, schluchzte die verzweifelte Hausfrau.

Lassen Sie das!, ermahnte sie Ahmed, *wir können uns nicht gehen lassen, macht alles noch schlimmer.*

Überhaupt, ereiferte sich nun Rolf, *Sie sind ein syrischer Flüchtling. Aber Sie sprechen perfekt Deutsch. Wie kommt das?*

Ahmed schwieg, stützte den Kopf in die Hände. Dann kam seine Antwort langsam: *Vielleicht ist es Ihnen noch nicht bewusst geworden: aber wir sprechen nicht, wir tauschen unsere Gedanken aus. Stimmen haben wir nicht mehr.*

Verdammte Kacke, ich hab Angst, ich fühle mich so machtlos…, kam es unvermittelt von Klaus, *ich will handeln, entscheiden. Ich bin kein Opfer!*

Ahmed stand auf, drehte sich um und ging weg. Er blieb da stehen wo die Warft ins Flachland abfiel. Weit ging der Blick über Land und Meer. Der Himmel aber dominierte, nur wenige Wolken bewegten sich, schnell veränderten sie ihre Form, wurden nach Osten getrieben.- Unten, am Rande der Warft, bewegte sich etwas Rot-Glitzerndes, es schien zu hüpfen, zu rollen und war ständig in Bewegung. Weit hinten fast am Horizont, wo die Straße zur letzten Warft führte, gab es einen weiteren Buntschatten. Er stand unbewegt, drehte sich, konnte sich nicht entscheiden in welche Richtung er gehen wollte.

In der Gruppe am Fehting war eine lebhafte Diskussion losgebrochen: *Sind wir tot oder nicht? Ist das Realität oder ein Traum?* Der Widerstand derer, die sich weigerten den Tod anzuerkennen schwand mehr und mehr. Einige reagierten verstockt, böse, zynisch. Andere ratlos und ergeben. Langsam verebbte Nellys Schluchzen. Sie war stets ein Mensch gewesen, welcher die Mehrheitsmeinung gesucht hatte, und so fügte sie sich auch jetzt und gab ihre Opposition auf. Die Einzige, die ruhig blieb und eine merkwürdige Zuversicht, ja Frieden ausstrahlte, war Maria. Dann verstummte der Disput. Resignation machte sich breit, bei einigen Apathie.

Die Stimmung veränderte sich als der dünne Buntschatten zurückkehrte. Auch hier hatte eine Wandlung stattgefunden. Alle Hektik und Exaltiertheit war verschwunden. Schweigend, mit hängendem Kopf kehrte Anita zurück.

Und? Lektion gelernt?, höhnte Rolf.

Wie ein Schrei kam es aus dem schmalen Buntschatten: *Ich will nicht tot sein! Ich will zu den Lebenden zurück!*

Wollen…wollen…, äffte Rolf nach, *von Wollen kann hier nicht mehr die Rede sein. Also, was nun auch immer diese neue Daseinsform ist: Ich verlange von Ihnen Haltung, Vernunft und nicht diesen kindischen Trotz. Das setzt uns alle noch mehr unter zusätzlichen Stress. Wenn Sie bei der Gruppe bleiben wollen, dann benehmen Sie sich angemessen.* Ein Gemurmel der Zustimmung erhob sich.

Die große dünne Buntschattenfigur sackte in sich zusammen, ein Schluchzen war zu hören. Da näherte sich ihr Esther, legte den Arm um sie und wirkte beruhigend auf sie ein.

Also, also…, ich möchte noch was sagen, meldete sich Nelly: *Können wir nicht Du sagen? Ich meine, das würde vielleicht alles etwas besser machen. Vielleicht streiten wir uns dann nicht mehr so viel.*

Eine gute Idee, pflichtete Maria bei, *einverstanden?* Allseits ein stummes Nicken.

Was will der Syrer?, kam es missmutig von Klaus, *er winkt uns. Sollen wir hingehen? Also, das Unerträglichste ist hier, dass es keine kompetente Führung gibt und keinen, der die Verantwortung übernehmen will*, giftete er in die Richtung von Maria.

Die schwieg, hob nur den Arm, und alle verstanden dies als Aufforderung zu Ahmed zu gehen. Obwohl Kleinmut, Angst und Verzweiflung die Buntschatten beherrscht hatten, vollzog sich in ihnen nun langsam eine Veränderung, das Düstere, die Hoffnungslosigkeit schienen zu verfliegen. Man sah es daran, dass sich die Gestalten aufrichteten, die Köpfe erhoben, einige legten die Hände auf die Schultern der anderen. Beim Anblick der grandiosen Natur und der nicht enden wollenden Weite trat Ruhe, fast Friede ein.

Da! Ahmed deutete auf das kleine rollende Etwas am Fuß der Warft, dann weiter nach hinten, wo ein weiterer Buntschatten ratlos auf der Straße stand.

Nummer zehn und Nummer elf, bemerkte Rudi lakonisch, *Maria hatte Recht. Also was machen wir? Sollen wir sie herbeiwinken?*

Als hätte das kleine bunte Rad diese Überlegung vernommen, blieb es plötzlich stehen, und es wurde eine Kindergestalt erkennbar. Sie winkte heftig mit beiden Ärmchen.

Wir sollen hinunterkommen, murrte Rudi. Alle wandten sich Maria zu, die zustimmend nickte. So machte sich die Gruppe auf den Abstieg vom Hügel, schritt über saftiges Gras, denn alle vermieden den asphaltierten Weg, auf dem sich eine Gruppe von Urlaubern hinauf bewegte.

Es tut nicht weh, wenn sie durch mich hindurchgehen, nörgelte Rolf, - *aber es ist irgendwie beschämend, erniedrigend.*

Das Kind hopste vor Freude als die Buntschatten vor ihm standen und ein *Hallo, hallo* war zu vernehmen.

Sag bloß, dass du gute Laune hast, blaffte Klaus, *ist dir klar, dass du nicht mehr lebst?*

Na klar, na klar, war die lachende Antwort, *und ihr auch nicht. Schön, dass ich nicht mehr allein bin.*

Und wer ist der? Klaus deutete auf den einsamen Buntschatten am Ende der Straße.

Och, der…, wich das Kind aus, *lasst den…ich will mit dem nichts zu tun haben.*

Warum?, bohrte Klaus weiter.

Später…später, gehen wir erstmal weiter.

Anscheinend müssen wir noch Nummer zwölf finden, bemerkte missmutig Rolf.

Andy trat auf die Kleine zu: *Wie heißt du? Ich bin Andy.*

Ich bin Lizzy, kommt mit, kommt mit! Sie winkte den anderen zu, dann trat wieder dieses merkwürdige Rollen auf.

Du kannst aber gut Rad schlagen, wunderte sich Andy, *toll, und du wirst nicht müde?*

Nee- müde war einmal, jetzt nicht mehr, komm, mach mit!

Ich? Ich kann sowas nicht, bin behindert…, er stockte, … *im Rollstuhl…*

Wo?, lachte Lizzy: *Vorbei! Probier es mal mit dem Radschlagen.*

Vorsichtig beugte sich Andy auf den Boden und wie von selbst hoben sich seine Beine, drehten sich über den Rumpf und kamen auf dem Boden auf. Er lachte ungläubig, verblüfft, dann jubelnd. Zwei bunte glitzernde Räder rollten nun der merkwürdigen Gruppe voraus und Lizzy schlug den Weg entlang der Hauptstraße Richtung Westen ein.

Als hätten sie sich verabredet, vermieden sie alle die kleine Straße, welche durch Radfahrer, Fußgänger und wenige Autos belebt war. Stumm gingen alle im Gras. Vor ihnen erhoben sich etliche Warften mit schmucken Backsteinbauten, viele waren mit Riedgras gedeckt. Es war ein typischer Spätsommertag Ende September. Der Sommer gab noch einmal sein Letztes an Wärme und Fülle. Der leichte würzige Seewind bewegte die Hagebuttensträucher, an denen besonders große dicke und knallrote Früchte hingen. Tausende Zugvögel beherrschten die Hallig mit ihrem Gezwitscher, Gesang, Rufen und Geschnatter. Es war ein ständiges Landen und Abfliegen. In riesigen Formationen, die manchmal an Wolken erinnerten oder an große Pfeile, glitten die Vögel mühelos und elegant durch die Himmelsbläue. Es wurde Abschied genommen von der nördlichen Heimat. Alles rüstete sich für die lange Reise in den Süden. – Auch einige Buntschatten blieben stehen und bewunderten dieses Naturschauspiel. In etlichen regte sich wieder Furcht: *Die Vögel kennen ihren Weg – aber wir? Wohin werden wir getrieben?*

Ganz anders die Kühe auf den saftigen fetten Weiden. Gemächlich und unverdrossen mampften sie das Gras in sich hinein, ein dekoratives schwarz- weißes Element in der weiten Landschaft. Anita blieb bewundernd stehen, versuchte mit ihnen Kontakt aufzunehmen. Aber die Tiere erkannten sie anscheinend genauso wenig wie die Menschen. Ahmed und Esther hatten sich gestreckt, die Arme erhoben, genossen Wind und Sonne. Maria trat zu ihnen und wies sie ans Ufer. So machten sich alle drei auf Richtung See. Klaus, Rolf und Rudi standen in einer Gruppe zusammen, diskutierten heftig. Von der Natur nahmen sie keine Notiz. Anita und Nelly gingen untergehakt, auch sie waren in ein intensives Gespräch vertieft. Doch alle folgten wie in einem Sog Maria, bis sie am Rande der Hallig stehen blieben. Es war Ebbe. Eine weite braune Fläche mit seltsamen kleinen Häufchen, Wasserlachen, Seepflanzen und Kleingetier erstreckte sich vor ihnen bis zum Horizont.

Diese Landschaft und das Wattenmeer sind einzigartig auf der Welt, erklärte Maria: *Das Meer hat alles geformt. Ihr müsst euch vorstellen: Vor 1000 Jahren erstreckten sich hier die Uthlande. Es gab kein Meer, dafür Buchenwälder, Sümpfe und Moore. Heute noch kann man aus dieser Zeit Bernstein finden. Damals kamen die ersten Friesen und versuchten das Land zu kultivieren. Dann aber – 1362 – gab es die große Sturmflut, die große Mandränke. Tausende ertranken, viel Land verschwand, auch die sagenumwobene Stadt Rungholt, und neue Inseln entstanden. Und noch einmal, 1634, kam wieder die Flut und riss die große Insel „Strand" auseinander. Damals entstand die heutige Halligwelt. Da, da drüben –,* sie deutete nach links: *seht ihr die Insel mit dem großen Turm? Das ist Pellworm mit der*

Turmruine der alten Kirche, sie war ein Seezeichen und wurde 1362 zerstört.

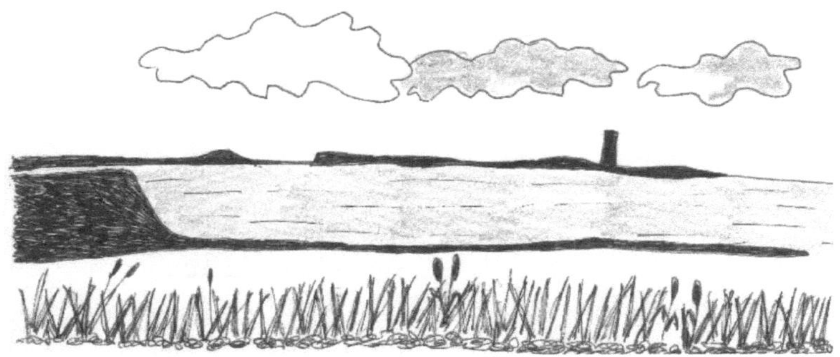

Esther warf die Arme auseinander und drehte sich um sich selbst. Zu Maria gewandt meinte sie: *Es ist wunderbar hier, ich fühle mich wohl, obwohl ich mein ganzes Leben in der Großstadt verbracht habe. Aber hier, hier ist es gut..., ich bin froh, dass wir uns hier gefunden haben, ein guter Ort. Aber wie geht es weiter? Werden wir hier bleiben? Als Schatten unter den Lebenden? Ich erinnere mich an diesen Glauben. Aber nein: hoffentlich nicht.*

Bestimmt nicht, gab Maria ruhig zur Antwort.

Aha, dann weißt du also doch mehr?, reagierte Rolf süffisant.

Nein, nein, ich weiß nicht mehr als ihr. Aber ich habe mein Leben lang die Natur beobachtet: es gibt keinen Stillstand, auch nicht im eigenen Leben. Alles verändert sich ständig. Auch wenn ich selbst verzweifelt war, nichts tat, mein

Haus nicht verließ. Trotzdem: es lief weiter, nichts blieb stehen und so ist es auch jetzt.

Verdammt nochmal, entfuhr es Klaus, *wenn ich eines hasse, dann ist es Ungewissheit, unklare Verhältnisse. Es muss doch irgendeinen geben, der uns sagt, wie es weitergeht.*

Warum? Die kleine Esther pflanzte sich vor dem großen Buntschatten auf: *Auch in meinem Leben wusste ich nicht wie es weitergeht.*

Bei mir schon, konterte Klaus: *Ich hatte immer alles im Griff. Ja, das kann ich sagen: im Beruf, in der Firma, bei der Frau und den Kindern. Führung war für mich eine Selbstverständlichkeit und wurde auch von den anderen gefordert. Selbst mein Urlaub verlief strikt nach Plan: ich habe sämtliche Urlaubstage notiert und alles aufgeschrieben was ich gesehen habe. Paris: Vormittag Eiffelturm und Montmartre. Nachmittag: Louvre, Notre Dame und die Abendfahrt auf der Seine. Alles ist dokumentiert und geordnet.*

Ja, ereiferte sich Anita, *ganz ähnlich haben wir es auch gemacht, Walther und ich. Wir sind so viel gereist, allein mit den Kreuzfahrtschiffen. Walther…komisch, ich hab an ihn gar nicht mehr gedacht. Was macht er jetzt? So allein… Also, also…wir waren auf Hawaii, Osterinsel, Peru, Rio…, ich habe fast alles auf der Welt gesehen, da bin ich schon stolz.*

Alles gesehen und nichts verstanden, spottete Ahmed.

Was weißt du schon, du aus diesem Syrien. Du hast doch überhaupt kein Bild von der Welt, kam es abfällig von Anita.

Glaub schon, kam die gemächliche Antwort, *oder weißt du was ein Bürgerkrieg ist, wenn sich noch ausländische Mächte einschalten? Hast du schon mal ein zermatschtes Kind unter einem zerstörten Haus hervorgezogen? Oder erlebt wie Nachbarn, mit denen du dich bestens verstanden hast, dich verraten und dann, wenn du abgeführt wirst, dein Haus plündern?*

Klaus winkte ab und drehte sich weg.

Zaghaft meldete sich Nelly: *Also, ich verstehe das alles nicht wirklich – aber es hört nicht auf. Langsam glaube ich auch, dass es kein Zurück mehr gibt in unser altes Leben.* Sie unterbrach sich mit Schluchzen: *...ich fühle mich so hilflos, so schrecklich allein. Die Gruppe gibt mir aber etwas Halt und bitte, kein Streit. Wir haben es doch schwer genug, oder?*

Ein zustimmendes Gemurmel erhob sich.

Wie geht es weiter? Rudi stellte die Frage, die alle bewegte, und die Köpfe drehten sich zu Maria. Diese hatte die ganze Zeit unbewegt auf's Meer geblickt. Sie schwieg und Esther rührte sie an der Schulter an: *Hallo Maria, das war eine Frage an dich.* Maria drehte sich zur Gruppe um und meinte ruhig: *Wenn es eine Führung gibt, dann hat die jetzt das Kind. Wir sollten Lizzy folgen.*

Auf der schmalen Straße rollten unentwegt ein kleines und ein großes buntglitzerndes Rad. Folgsam setzte sich die Gruppe hinter Lizzy und Andy in Bewegung. Es ging nach Westen, zum anderen Ende der Hallig. Auf der Straße begegneten sich die Radfahrer und Fußgänger. „Moin, Moin…", erklang es ständig. Dann kam ein großes rotes Backsteingebäude in Sicht. Auf einer Wiese sprangen einige Kinder herum.

Unsere Schule, erklärte Maria mit viel Wärme, *auch ich bin hier als Kind in die Volksschule gegangen, danach kurze Zeit auf dem Festland. Aber es hat mich dort nicht gehalten, die Hallig zog mich immer wieder zurück.*

Langsam kann ich das verstehen, bekräftigte Esther, *hier ist ein zauberischer Ort. Natürlich gibt es auch einen Alltag mit den ganzen Problemen, Kämpfen und Nöten wie überall. Aber trotzdem: Man ist hier irgendwie außerhalb des Üblichen…, wie soll ich sagen…, ich empfinde hier einen Zugang in eine andere Welt, klingt komisch, aber hier ist etwas wie Übergang oder Überfahrt…, schaut mal: Wundervoll!* Sie deutete auf den Himmel, wo aus dunklen Wolken ein mächtiger Sonnenstrahl hervorbrach und sehr zarte, pastellfarbene Lichtspiele auf dem riesigen Himmelszenarium malte. *Die Farben*, flüsterte Esther, *die Farben sind ganz außergewöhnlich.*

Hier gibt es keine knalligen Farben, alles ist so zart und rührt an die Seele. Ich möchte noch etwas hierbleiben.

Bloß nicht, brummte Klaus, *ich will endlich wissen wie es weitergeht. Für poetische Betrachtungen habe ich keinen Sinn.*

Esther ignorierte die Bemerkung und wandte sich wieder an Maria: *Was haben Sie, Entschuldigung, was hast du gearbeitet?*

Früher arbeitete ich auf unserem kleinen Bauernhof, nur Viehwirtschaft ist hier möglich. Ackerbau geht nicht, weil es zu oft Land- unter gibt. Später habe ich mir eine kleinen Pension aufgebaut und gut vierzig Jahre Urlaubsgäste beherbergt und auch bewirtet. Es war herrlich: die ganze Welt kam zu mir, auch Menschen aus anderen Ländern. Mit vielen hatte ich jahrelange gute Kontakte, viele waren Stammgäste.

Und was war bei Sturmfluten, bei Land- unter?, schaltete sich Klaus in das Gespräch ein.

Maria lachte kurz auf: *Das gehört dazu. Immer wieder wurde uns vom Blanken Hans alles weggenommen, Häuser unterspült, Einrichtungen ruiniert, ganze Existenzen ausgelöscht, Menschen ertranken. Das muss man hier akzeptieren, wir sagten: De Blanke Hans – he nimmt, he givt!*

Das versteh´ ich nicht, nörgelte Klaus, *wie kann man das akzeptieren, dass einem alles genommen wird? Ich wäre sofort weggezogen. Ist schon schlimm genug, dass meine großartigen Ferienhäuser alle weg sind, irgendwie ging´s nicht mehr mit dem Reisen: Verkauft! Und auch mein Haus wird einmal verkauft werden, denn meine Kinder sind weggezogen. Wenn ich darüber nachdenke, werde ich richtig depressiv.*

Nichts bleibt, alles wird dir weggenommen, so ist das Leben, das weiß doch jeder, warf Ahmed ein, *übrigens: Was ist der Blanke Hans?*

Die Nordsee, antwortete Maria eifrig, *wir nennen die Nordsee den Blanken Hans. Das geht auf ein Gedicht zurück…ah, wer war der Verfasser? Der Name fällt mir gerade nicht ein, es ist ein schöner Name.*

Detlev von Liliencron, ergänzte Rudi, *…warte mal, wir haben die Ballade in der Schule gelernt. Einiges wird noch hängengeblieben sein…*

Nach einer kleinen Pause rezitierte er:

Trutz, Blanke Hans

Heut bin ich über Rungholt gefahren,
Die Stadt ging unter vor sechshundert Jahren.
Noch schlagen die Wellen da wild und empört,

Wie damals, als sie die Marschen zerstört.
Die Maschine des Dampfers schütterte, stöhnte,
Aus den Wassern rief es unheimlich und höhnte:
Trutz, Blanke Hans.

Von der Nordsee, der Mordsee, vom Festland geschieden,
liegen die friesischen Inseln im Frieden.
Und Zeugen weltvernichtender Wut,
Taucht Hallig auf Hallig aus fliehender Flut.
Die Möwe zankt schon auf wachsenden Watten,
Der Seehund sonnt sich auf sandigen Platten.
Trutz, Blanke Hans.

Mitten im Ozean schläft bis zur Stunde,
Ein Ungeheuer, tief auf dem Grunde.
Sein Haupt ruht dicht vor Englands Strand,
Die Schwanzflosse spielt bei Brasiliens Sand.
Es zieht, sechs Stunden, den Atem nach innen
Und treibt ihn, sechs Stunden, wieder von hinnen.
Trutz, Blanke Hans.

Doch einmal in jedem Jahrhundert entlassen
Die Kiemen gewaltige Wassermassen.
Dann holt das Untier tiefer Atem ein.
Und peitscht die Wellen und schläft wieder ein.
Viel tausend Menschen im Nordland ertrinken,
Viel reiche Länder und Städte versinken.
Trutz, Blanke Hans…

Du bist kulturell interessiert?, schnatterte Anita los. *Ach, da haben wir doch Gemeinsamkeiten, also ich habe viel ge-lesen, besonders historische Romane, auch Krimis und Bio-grafien von berühmten Frauen…* Sie zog Rudi auf die Seite und legte erst richtig los.

Lizzy rollte zurück und ermunterte: *Auf, auf, kommt weiter.*

Sowas…, Rolf schüttelte den Kopf, *ein Kind führt uns, und wir traben alle gehorsam hinterher. Aber wohin?*

Sie kamen an einer weiteren Warft vorbei. Am Eingang der Häuser wehte eine bunte Fahne. Der Wind blähte sie auf und ein geteiltes Wappen war zu sehen: Rechts einen halben schwarzen Adler mit roten Krallen und Schnabel auf gelbem Grund; links war das Feld halbiert, zeigte oben eine Krone auf blauem Grund und unten einen seltsamen Topf auf rotem Hintergrund.

Hallo, Frau Fremdenführerin, rief Rolf Maria zu, *was ist das für eine Flagge?*

Oh, das ist unser nordfriesisches Wappen, gab Maria eifrig zurück, *es ist nicht so alt, wurde erst 1840 aus alten Symbolen zusammengestellt.*

Rolf, typisch Schulleiter, dozierte: *Also, Adler versteh´ ich, ist der deutsche Reichsadler und heute das Zeichen für die Republik. Aber die Krone?*

Das soll die dänische Königskrone sein. Friesland war lange unter dänischer Herrschaft. Wir Friesen sind weitverstreut an der Nordsee und lebten unter wechselnder Herrschaft. Im Westen, in Holland, gibt es die westfriesischen Inseln. Dort wird noch richtig friesisch gesprochen. Bei uns ist die Sprache leider ausgestorben, heute sprechen wir Plattdeutsch.

Und der Topf?, bohrte Rolf weiter.

Maria lachte: *der Topf, ja ein ulkiges Relikt. Also, es ist ganz eindeutig ein alter irdener Topf, in dem früher Grütze gekocht wurde. Und es gibt die Überlieferung, dass in einem Krieg mit den Dänen diese die Oberhand gewannen. Da haben die friesischen Frauen eingegriffen und die heißen Grütztöpfe auf die Gegner geworfen, die hätten dann die Flucht ergriffen. Dass die Friesinnen sehr kampfbereit waren, haben schon die Römer bezeugt.*

Rudi musste wider Willen lachen: *Gefällt mir, die Geschichte. Couragierte Frauen gab's schon immer. Und da steht noch ein Spruch, kann ich nicht lesen, der Wind hält nicht still. Ist das friesisch?*

Maria nickte und verkündete mit Stolz: *Der friesische Wahlspruch: Liewer düd aß slaawe!*

Bedeutet wohl: Lieber tot als Sklave, übersetzte Rolf.

Also da wäre ich lieber Sklave und nicht tot, war Anitas Kommentar.

Ahmed murmelte etwas Unverständliches. Aufgefordert dies zu wiederholen, meinte er: *Das war in Arabisch, besser ich übersetze es nicht.*

Die kleine Karawane zog weiter. Ganz weit im Westen war die letzte kleine Warft zu sehen.

Nelly drehte sich um: *Der da, der Komische, der uns immer nachläuft! Warum kommt er nicht?*

Wird seine Gründe haben, wehrte Rolf ab, *wahrscheinlich ein Problemfall, können wir nicht gebrauchen, haben genug mit uns zu tun.*

Ich denke, du warst Pädagoge, Schulleiter?, stichelte Anita.

War!, betonte Rolf, *war! Sprich du ihn doch an.*

Ich? Warum ich? ... Pah...

Auf der kleinen Straße wurde es immer ruhiger je näher sie ans Ende der Hallig kamen. Nun marschierten doch alle auf der Straße. Links erschien eine Warft, die Jugendliche beherbergte. Sie spielten Fußball und als der Ball in hohem Bogen auf die Straße, mitten in die Buntschatten flog, sprang ein Mädchen unbekümmert hinterher, streifte Nelly, ging durch Klaus und Rolf mittenhindurch, hielt den rollenden Ball auf und lief auf dem Rückweg durch Maria und Esther. Die flimmernden, glitzernden Buntschatten stoben dabei auseinander und setzten sich sofort wieder zusammen. Die anderen beobachteten das Phänomen schweigend, niemand zeigte eine Reaktion als sie ihren Weg fortsetzten.

Da! Esther deutete auf einen Hügel, der nur von einem Sendemast gekrönt war. Darunter hockte eine Buntschattenfigur mit dem Rücken zur Straße.

Nummer zwölf! Rudi und Nellys Kommentar kam gleichzeitig.

Wer geht hin? Rudi drehte sich um aber alle schienen uninteressiert zu sein. So stapfte Rudis kräftige Figur hoch zur verlassenen Warft.

Diese Warft ist in der Sturmflut von 1825 zerstört worden, meinte Maria, leicht verwundert: *Da lebt niemand mehr. Wer ist er?*

Rudi redete auf den Buntschatten ein, er deutete auf die wartende Gruppe, gestikulierte… Dann…sehr langsam erhob sich der Sitzende und lief mit hängendem Kopf hinter Rudi zur Straße.

Schweigend umringten ihn die anderen.

Hallo! Wer bist du?, Nelly trat hervor, *wir haben auf dich gewartet.*

Der Angesprochene schwieg.

Was ist mit dem los?, wunderte sich Anita in ihrer direkten Art.

Selbstmörder!, antwortete Rudi kurz. Einige wichen einen Schritt zurück.

Maria berührte den Neuen an der Schulter und meinte beruhigend: *Kommen Sie mit uns. Sie müssen sich jetzt nicht erklären.*

Die beiden glitzernden Räder rollten zur Gruppe zurück. *Wo bleibt ihr?*, zwitscherte Lizzy in bester Stimmung, *Auf, wir sind gleich da.* So trottete die merkwürdige Karawane weiter und in großem Abstand folgte der einsame Buntschatten. Die Zwölf waren nun komplett.

Der Spätnachmittag tauchte die Hallig in ein weiches Licht, das großartige Wolkentheater wollte kein Ende nehmen, sorgte dafür, dass die Lichtspiele immer reizvoller wurden und immer öfter wechselten. Von der See frischte es mit einer scharfen Brise auf, Salz lag in der Luft.

Da trotten wir hirnlos einem Kind hinterher und keiner weiß wohin und warum, murrte Klaus: *Wann wird diese Unsicherheit zu Ende sein? Warum geht es nicht weiter?*

Vielleicht sollen wir uns verändern – das braucht Zeit –, meinte Maria nachdenklich.

Verändern? Es hat sich doch schon alles verändert, war Klaus Antwort. Er blieb stehen, deutete auf seinen Körper: *Wir sind nicht einmal mehr als Mann oder Frau zu erkennen, nur noch Umrisse, keine Gesichter mehr, keine Kleidung. Und irgendwie habe ich das Gefühl: die Verwandlung geht weiter, irgendetwas hat sich seit gestern geändert.*

Ja, das stimmt, pflichtete Maria bei. *Wir verändern uns, wir lösen uns …langsam von dieser Erde und auch den Menschen. Essen, Trinken, Schlafen erscheint uns jetzt schon seltsam und fremd. Aber ich fühle auch wie ich mich innerlich löse, wie Menschen in eine Ferne rücken, irgendwie aus meinem Leben verschwinden.*

Stimmt, flüsterte Nelly, *gestern noch war ich verzweifelt, ich wollte unbedingt zu meinem Mann und Sohn zurück…, aber jetzt…, alles ist so weit weg…, von Stunde zu Stunde wird mir alles fremder. Ich bin schon viel ruhiger geworden.*

Esther pflichtete ihr bei, auch Anita gab dies zögernd zu, Rudi gestand: *Ich verstehe mich selbst nicht mehr, aber es stimmt: meine Frau und die Kinder – weit weg, dabei haben sie mir so viel bedeutet.*

Wir gehen mit leichtem Gepäck, nickte Ahmed, *das Leben entschwindet. Ich fühle mich freier und leichter. Ein Anfang im neuen Land bleibt mir erspart – besser so, denn ich war allein, meine Familie ist tot. Ja, es ist etwas abgefallen…, ich fühle mich immer besser.* Der Buntschatten schüttelte sich, dann schritt er fast beschwingt weiter.

Wohin führt uns das Kind? Die Dämmerung wird bald einbrechen… Nelly eilte nach vorn zu den glitzernden Rädern. Sie überquerten noch einen Priel, eine der vielen kleinen Wasserstraßen, welche die Hallig durchziehen. Dann waren sie bei der letzten Warft angekommen. Vom Ufer aus konnte man die größte sehr langgestreckte nächste Hallig sehen. Die Flut war zurückgekehrt, und das Meer plätscherte grau-blau an die Granitsteine des Ufers. Hier hielten die glitzernden

Räder endlich an. Die Buntschatten setzten sich auf die großen Steine, alle schauten erwartungsvoll auf Lizzy.

Und? Wie geht es weiter?, fragte Rolf herausfordernd.

Heute Nacht bleiben wir hier, morgen geht es weiter, erklärte Lizzy.

Klaus lachte kurz und böse auf: *Aha, morgen geht es weiter..., wohin? Noch eine Runde?*

Nein, nein, Lizzy schüttelte den Kopf, *morgen geht es nur noch bis dahin.* Sie deutete auf ein großes und ein kleines Haus, wieder landeinwärts.

Was ist das? Klaus wandte sich Maria zu.

Die Kirchwarft und unser Friedhof, war die nachdenkliche Antwort.

Und dann?

Lizzy hob und senkte die Schultern: *Weiß ich auch nicht. Aber dort müssen wir hin.*

Klaus schüttelte unmutig den Kopf. Sein Blick fiel auf den Neuankömmling, den sie von der verlassenen Warft mitgenommen hatten: *He, du...!* Klaus wandte sich grob an die verschreckt wirkende Gestalt: *Jetzt bist du dran. Selbstmörder? Erzähl mal.*

Der gebückte Buntschatten schwieg, er versteckte sein Gesicht in den Händen.

He, du, wenn du hier mitmachen willst, dann haben wir ein Recht zu wissen wer du bist.

Obwohl einigen dieser Ton zu rüde war, schwiegen doch alle, weil sie Klaus im Grunde Recht gaben. Dies schien auch der Neuankömmling zu verstehen. Er richtete sich langsam auf und sehr leise verstand man: *Ich bin Ingo, 48 Jahre alt, habe mich umgebracht.*

Warum?, bohrte Klaus sofort weiter.

Warum? Meine Frau hat mich verlassen, meine Töchter kümmern sich nicht um mich, und in der Firma drohte mir wegen Einsparungen die Entlassung.

Kein Grund, Mann, meinte Klaus verächtlich, *da reißt man sich zusammen und beginnt nochmal neu. Deine Frau hat dich verlassen? Dann sucht man sich eine neue. Arbeit gibt es auch genug für die, die arbeiten wollen.*

Das mag für einige gelten, ließ sich Ahmed vernehmen, *aber andere sind einem solchen Schicksal nicht gewachsen. Ich versteh das, ich war auch völlig allein, nicht mehr jung, angeschlagen. Wenn man jung ist hat man noch die Kraft ein neues Leben zu beginnen. In der Mitte des Lebens fragt man sich aber: Wozu? Ich habe auch über Selbstmord nachgedacht. Dann hat mich der Tod erlöst… Inshallah…, es war gut so, ich sehne mich nicht zurück.*

Unruhe entstand in der Gruppe, Gemurmel.

Danke für dein Verständnis, kam es wieder leise vom Selbstmörder, *aber ich fühle mich im Zweifel- oder ist es Verzweiflung? Ihr seid nicht freiwillig aus dem Leben gegangen, ich schon.*

Kann ich nicht verstehen, rief Anita, die sich wie immer aufgefordert fühlte, alles zu kommentieren.

Keiner bringt sich aus Vergnügen um, warf Rudi mahnend ein.

Selbstmord ist Feigheit, konterte Klaus.

Stell dir vor, es gibt auch Leute, die nicht nur Besitz anhäufen und mit Karriere beschäftigt sind, giftete Esther.

Was heißt das? Willst du mich schulmeistern?

Sch…sch…, mahnte Maria und stand auf: *Nicht so…, wir sollten keine Urteile fällen, steht uns nicht zu. Aber die Nacht ist noch lang. Besser wir setzen uns hier in die Runde und erzählen uns. Ich glaube, das tut uns allen gut.* Sie stand auf und deutete auf eine verbrannte schwarze Fläche: *Hier haben wir oft das Bike-Brennen gefeiert, das Ende des Winters am 21.Februar, dabei wurde eine Strohpuppe verbrannt. Es ist sogar noch Holz übrig…aber schade, wir haben kein Feuerzeug und können nicht anzünden.*

Doch, doch…, lachte das Kind, *Moment mal, ich versuche es.* Lizzy näherte sich dem verbliebenen Holzstoß, legte ihre funkelnden kleinen Hände auf – und plötzlich züngelten Flammen empor.

Ahh…, raunte es. Das Feuer hatte die angespannte Stimmung gelöst, hatte etwas wie Gemeinschaftsgeist ausgelöst. Alle erhoben sich und setzten sich in einen Kreis, das auftanzende und flackernde Element in der Mitte.

Wie herrlich war auch der Winter hier, sinnierte Maria, *…meine Kindheit, wie schön. Alles war so einfach, fast karg. Das Heizen war immer ein Problem denn es fehlte das Holz. Wir feuerten mit Kuhdung. Aber wenn der große gußeiserne Ofen bullerte… dann…* Sie verstummte etwas verlegen, da sie mit sich selbst geredet hatte.

Doch Esther war ihren Gedanken gefolgt: *Weiter, erzähl weiter…,* bat sie.

Maria lachte leise: *Da gab es so eiserne Kugeln am Ofen, die konnte man abschrauben wenn sie warm waren und in die Manteltaschen stecken. Dann hinaus in die Kälte und in den Wind, aber mit den Händen in der Tasche, es war herrlich.*

Schau mal, Esther erhob ihren Arm und zeigte auf das grandiose Firmament: *Die Sterne...so klar, so wundervoll nah, es ergreift mich.* Maria legte den Arm um den kleinen Buntschatten: *Ja, das ist eines der großen Erlebnisse, die ich nie vermissen wollte. Der Sternenhimmel über der Hallig- das gibt es auf dem Festland nicht. Die Sterne sind so tröstlich, erscheinen so unwandelbar und ewig. Aber wie wir heute wissen: Auch die Sterne sind nicht ewig,* setzte sie fast traurig nach.

Andy stand stumm und schaute über das kleine Eiland. Alles lag in tiefster Dunkelheit, nur auf den Warften, in den Häusern, gab es vereinzelt Licht, Keine Straßenbeleuchtung, keine grelle Reklame, keine angestrahlten Gebäude, alles in tiefstem Frieden. Warum konnte es nicht auf der ganzen Welt so sein?

Nachdenklich schaute Rudi ins Feuer: *Wie gern war ich früher in Gesellschaft, und wie gern bin ich nach einem Opernbesuch oder nach dem Theater in ein Restaurant gegangen. Wie sehr habe ich ein gutes Essen genossen und meine Frau konnte ganz hervorragend kochen, sie erfüllte* mir jeden Wunsch. Saftige Steaks, würzige Soßen und frische Salate, Pommes und Knödel..., dazu einen guten Wein oder ein kühles Bier. Ich habe viel genossen, ich habe mein Leben genossen.

Sag mal, Rudi wandte sich an Maria: Was habt ihr so gegessen? Was sind eure Spezialitäten?

Maria nickte in der Erinnerung: Schade, dass du nicht hier warst. Im Norden isst man deftig. Es gibt viel Wind und Kälte, da muss man innerlich heizen. Grünkohl mit Wurst und Pellkartoffel waren schon ein Festessen und die hausgemachten Porrefrikadellen...

Porrefrikadellen?

Also das ging so, Maria erklärte mit Begeisterung: Man nimmt ein Pfund gepulter Krabben, ein halbes Pfund fetten, geräucherten Speck, 5-6 gekochte Kartoffeln und zwei Zwiebeln. Das alles wird durch den Fleischwolf gedreht und ein Ei dazu getan. Aus dem Brei formt man kleine Frikadellen. Die werden bei niedriger Hitze in der Bratpfanne langsam braun gebraten.

Mhm..., machte Rudi.

Ja, Maria war in Eifer geraten, Obst gab es früher nicht, aber viele Hagebutten. Daraus haben wir eine schmackhafte Marmelade gekocht, war aber viel Arbeit. Doch Zeit war genug da, in meiner Kindheit ging alles seinen gemächlichen Gang.

Das ist schade, dass ich nichts davon kennengelernt habe, kam es wie in einem Seufzer von Rudi.

Und jetzt?, fragte Ahmed neugierig: *Kein Verlangen mehr? Kein Appetit?*

Rudi schüttelte traurig den Kopf: *Nein, kein Verlangen. Sehr komisch. Die alten Bilder steigen noch auf, aber Verlangen habe ich nicht mehr.*

Du hast das Leben genossen?, Ahmed blieb dran, *…seltsamer Begriff für mich. Das Leben genießen. Ich will nicht sagen, dass ich das nicht gekannt habe, aber es waren nur kurze Momente. Meistens habe ich ums Überleben gekämpft, um die Versorgung der Kinder, Lebensunterhalt verdienen, Medikamente organisieren, ständig neue Jobs suchen. Dann kam der Krieg und hat alles zerstört. Aah… Ich fühle, dass es nicht mehr so weh tut daran zu denken, die Erinnerung entschwindet langsam. Auf keinen Fall will ich ins Leben zurück. Was nun auch immer kommt: es ist besser als das, was hinter mir liegt.*

Gratulation, dass du so positiv denkst. Kann ich nicht. Schlimmer geht immer! wäre doch auch eine Möglichkeit?, moserte Klaus.

Maria musterte die Runde und sie blieb an der Kindergestalt hängen: *Lizzy, von dir wissen wir nichts. Warum bist du gestorben? Kannst du darüber reden?*

Die Kindergestalt zuckte leicht zusammen als sich die Buntschatten ihr zuwandten.

Stimmt, stimmt…, raunte es in der Runde, *das Kind, was ist mit dir passiert?*

Lizzy nahm ein Stöckchen, hielt es ins Feuer und spielte damit. Dann gab sie Auskunft: *Ich war acht Jahre alt und wurde bei einem Attentat getötet.*

Wie ein Aufschrei ging von den schillernden Figuren aus: *Attentat? Wie? Wo?*

Ja…, so genau weiß ich es auch nicht, es ging sehr schnell…, also ich war mit meiner Mama in der Stadt, einkaufen, und da war ein Mann mit einem Gewehr. Er schoss plötzlich auf die Menschen und traf mich.

Ein Mann? Wer? Die Gedanken rasten durcheinander.

Da stand Lizzy auf und deutete an das Ufer, auf den einsamen Buntschatten: *Der war es!*

Ein unhörbares Brüllen erhob sich, dann ein chaotisches Durcheinander. Rolf stand auf, ging wortlos zur Gestalt am Meer, packte ihn am Genick und schleppte ihn wie einen erlegten Hasen zu Gruppe, stieß ihn auf den Boden.

Mörder, Scheusal, Bestie…, tobte es von allen Seiten.

Wieder war es Maria, die es schaffte, mit ihrer ruhigen Autorität die Seelen zu besänftigen. *Ruhe, Ruhe!*, ließ sich auch Rudi vernehmen: *Wir sind in einer extremen Situation, behaltet die Nerven.*

Du Teufel, dich sollte man aufhängen!, hetzte Anita.

Geht nicht mehr, ist schon passiert, war Ahmeds lakonischer Kommentar. Die aufgebrachte Stimmung legte sich schlagartig. Nelly kicherte sogar: *Tatsächlich! Wir können ihn nicht mehr erschlagen.*

Aber müssen wir ihn unter uns dulden? Soll der mit uns ziehen? Rolf war sehr aufgebracht.

Er schleicht sowieso hinter uns her, können wir das verhindern?, meinte Andy sehr pragmatisch, *wenn er schon da ist dann soll er uns sagen warum er das gemacht hat.*

Richtig, richtig…, die Zustimmung war sehr groß.

Rolf und Klaus packten wie auf Kommando rechts und links den am Boden Liegenden und stellten ihn einfach auf die Beine.

Rede!, herrschte ihn Rolf an.

Schweigen.

Der will nicht reden, plapperte Anita drauf los, *wie kann man den zum Sprechen bringen? So einer hat kein Gewissen, der hält den Mund. Das weiß man doch von allen Terroristen. Die saßen jahrzehntelang im Gefängnis und haben eisern geschwiegen. Auch nach ihrer Entlassung haben sie nichts gesagt, keine Reue, kein Schuldbewusstsein. Das sind Teufel.*

Lizzys kleiner Buntschatten trat vor, stellte sich vor dem Attentäter auf und die anderen vernahmen deutlich: *Ich frage dich: Warum hast du mich getötet? Warum hast du auch andere Menschen erschossen? Warum?*

Das erste Mal kam so etwas wie Regung in die Figur. Er hob leicht den Kopf, über das Kind hinweg, und meinte: *Es war meine Pflicht! Ich musste töten!*

Pflicht!?, schrie es aus Anita, *Pflicht Menschen zu erschießen?*

Sch...sch..., Rolf streckte beide Arme aus, *beruhigt euch. So erfahren wir nichts. Lasst ihn reden.* Dann wandte er sich dem Attentäter zu: *Du, pass auf! Entweder du erzählst uns deine Geschichte oder du bleibst allein. Was nun auch immer geschieht: Wir werden dich nur dulden, wenn du sprichst. Sprichst du nicht, dann kannst du weiter hinter uns herschleichen. Und ich nehme mal an: Nachdem du uns den ganzen Tag gefolgt bist, willst du auch dazugehören. Also rede oder verschwinde!*

Zustimmendes Gemurmel. Der Buntschatten-Attentäter sackte plötzlich zusammen und erinnerte an ein Häufchen glitzernder Funken, hatte keine menschliche Konturen mehr.

Klaus gab ihm einen Tritt: *Rede!*

Es dauerte eine Weile, bis der Zusammengesackte reagierte. Dann aber… *Das war immer mein Plan. Ich habe mich jahrelang darauf vorbereitet, bin in den Schützenverein eingetreten, habe den Umgang mit Waffen gelernt. Ich war ein guter Schütze. Überall diese Asys, die Asylanten, Herumlungerer, Schmarotzer, diese dunklen Fressen, dieses Macho–Getue und die Frauen sind darauf abgefahren….* Dann mit Nachdruck: *Ja, die Frauen! Ekelhaft wie sie diesen Typen hinterher gerannt sind. Deutsche Männer: Pah, kein Interesse. Deutsches Blut reinhalten, die arische Rasse schützen…haha… die waren nur geil darauf, sich von diesen Muselmanen f… zu lassen und dann wurden sie auch noch verprügelt. Danach: ab ins Frauenhaus, der deutsche Staat zahlt alles.* Wütend: *Für die waren immer Förderprogramme, Gelder da, für Sprachkurse, Wohnungen, Eingliederungshilfen. Die verderben doch unsere Abstammung, Kultur und Intelligenz. Überall Kopftuchweiber und Messermänner. Unsereins aber musste zusehen. Die Politiker sind alle Volksverräter. Wer Deutschland nicht liebt, soll Deutschland verlassen!*

Ahmed unterbrach ihn, hob die Hand: *Hier ist einer von der Sorte: Ahmed, Syrer. Leider kannst du mich nicht mehr erschießen, bin schon tot. Aber was du bisher erzählt hast: es wird mir immer leichter, dass ich nicht mehr am Leben bin. In einem Land mit solchem Hass und solchen kranken, gestörten Typen Kinder großzuziehen, die dann womöglich erschossen werden, nein danke!* Er deutete auf Lizzy: *Warum hast du das Kind erschossen? Sie war kein muslimisches Kind.*

Der Attentäter hob kurz den Kopf und bewegte ihn in Richtung Lizzy: *Leider ein Irrtum. Das Gör sah so dunkel aus: Haare, Haut und Augen. Aber doch wohl ein deutsches Kind. Unfall. Die Rassenmischung ist schon weit fortge-schritten.*

Rassenmischung!, wütete Andy, *Was soll der Quatsch? Das hatten wir schon mal: erst die sogenannten Fremden, die Juden, dann die unnützen Esser, die Behinderten, dann die mit einer anderen politischen Meinung, sicher wären zum Schluss die Alten und Kranken drangekommen, alles Ballast! Nur du, du allein bist anscheinend der Größte und Beste. Du hast dir selbst einen Freischein zum Töten aus-gestellt. Weißt du was du bist? Ein jämmerlicher Versager, ein Würstchen, ein Typ, der nicht mal eine Freundin hatte. Ich saß als Spastiker im Rollstuhl, aber eine Freundin hatte ich, weil ich ein Mensch war! Bestimmt hast du noch bei Mama gewohnt, na, habe ich richtig geraten?*

Der Attentäter hob verwundert den Kopf: *Woher weißt du das?*

*Muttersöhnchen, Schmarotzer, in der Pubertät steckenge-
blieben,* giftete Andy, *dachte ich's mir. Und ausgerechnet
so einer findet sich rasserein und höherstehend, Pfui Teufel!*

Eisiges Schweigen herrschte in der Runde. Dann richtete sich Rolf auf: *Dir war doch klar, dass du bei einem
Attentat auch nicht lebend davon kommen würdest. Du
musst den eigenen Tod eingeplant haben. Warum?*

Warum, warum?, schrie es aus dem Anderen: *Darum!
Endlich Chef sein, endlich mächtig, endlich nehmen mich
alle ernst, endlich bin ich sexy, endlich Orgasmus!*

Da erhob sich tatsächlich so etwas wie Gelächter.

Nelly flüsterte: *Das gibt es nicht, das ist doch völlig wahn-
sinnig. Das war doch kein Grund, um Menschen umzule-
gen!*

Doch!, schrie der Attentäter, *doch! Wenigstens einige
Minuten des Triumphes, einmal beachten mich alle, einmal
im Mittelpunkt stehen, Wertschätzung genießen. Keiner
hat mich beachtet, ich war überall der Arsch.*

Wertschätzung…, wiederholte Anita abfällig, *aber das
mit dem Arsch stimmt immer noch.*

He du, du Miststück, Andy war es wieder, der auf ihn
losging: *Und wie war es dann als die Leute erschossen her-
umlagen, als die Polizei dich umzingelte? Na, war es der
große Triumphmoment mit Orgasmus?*

Der Mörder schwieg.

Andy bewegte sich zu ihm, schüttelte ihn und zwang ihn seinen Kopf zu erheben: *Sprich!*

Nein, kam es ziemlich leise, *es war kein Moment des Triumphes, es war…es war…*

Na?

Andy stand breitbeinig über dem Zusammengefallenen und sagte sehr langsam und überlegt: *Nein, es war kein Triumph, im Gegenteil. Ich, der Spasti, einer, der sehr wohl sein ganzes Leben Ohnmacht erlebt hat, ich sage dir was es war: Du hattest Angst, du hast gezittert, du hast dir in die Hosen gepisst!*

Der Angesprochene zuckte zusammen, ließ den Kopf hängen.

Stimmt´s?

Der Attentäter nickte.

Andy ging auf seinen Platz zurück. Alle schwiegen erschüttert.

Da meldete sich Lizzy zu Wort: *Sag mal, wie heißt du?*

Fast tonlos kam die Antwort: *Ulf.*

Weißt du, erklärte das Kind, *du hast mich erschossen, aber es geht mir gut. Ich bin ganz ruhig und zufrieden hier. Aber meine Mama, meine Mama hat mich nicht mehr. Meine Mama muss viel weinen.*

Rolf, Klaus, Anita und Ahmed sprangen auf, stürzten sich auf den Attentäter und versuchten ihn zu schlagen. Aber es war sinnlos, ihre Hände ohne Kraft, sie fuhren in eine glitzernde Wolke und hinterließen keine Spur. Wut packte sie alle, Geschrei erhob sich. Rudi und Maria griffen ein, zogen die Wütenden zurück.

Ruhe! Ruhe!, mahnte Maria, *Wir sind machtlos, wir können ihn nicht richten. Es ist nicht unsere Aufgabe. Er muss seine Schuld tragen.*

Schuld tragen? Wohin?, schrie es aus Nelly, *Gibt es einen Richter?*

Gibt es!, erwiderte Maria kurz und setzte sich wieder ans Feuer. Sie nahm Lizzy in den Arm und konzentrierte sich auf die Flammen.

Der Attentäter erhob sich, ging fort und blieb wieder am Strand stehen.

So verging die restliche Nacht im Schweigen. Nur das Rauschen des Meeres und ein herbstlicher Wind waren zu hören, eine eintönige Musik, die jedoch auch beruhigend wirkte. Die Gnade des Schlafs kannten die Buntschatten nicht mehr. Körperlos und wach hockten sie in der Runde, jeder in seine eigenen Gedanken verstrickt.

Das Vogelgezwitscher kündigte den Sonnenaufgang an, langsam graute der Morgen. Das Jahr war bereits fortgeschritten, spät erschien am Horizont das Tasten der ersten Sonnenstrahlen. Langsam stieg der Feuerball in die Höhe. Es war kalt, frostig. Aber auch Kälte konnte den Buntschatten nichts mehr anhaben.

Lizzy war die erste, die aufstand: *Kommt*, rief sie und winkte mit ihren Ärmchen alle zusammen: *Kommt, es geht weiter.*

Die Karawane formierte sich mühsam und in gewohntem Abstand folgte auch Ulf der Gruppe auf dem steinernen Damm. Zögernd bewegten sie sich, fast kriechend, fast so, als wollten sie das unbekannte Ziel noch weiter hinausschieben… Niemand von den Lebenden war auf dem Damm zu sehen. Die Buntschatten wirkten bedrückt, beladen, entmutigt. Auch Lizzy und Andy schlugen keine Räder mehr. Sie führten die Gruppe an. Ab und zu blieb Lizzy stehen: *Kommt, auf…* Dann schleppten sich alle weiter. Der Himmel bewölkte sich zusehends, der Herbst hatte den Sommer endgültig abgelöst, ein feiner Regen nieselte ständig hernieder. Doch dies störte die seltsame Gruppe nicht. Wie von unsichtbaren Fäden gezogen wanderten sie landeinwärts. Was war ihr Ziel? Vor

ihnen lag der kleine Hafen und dahinter eine Warft
mit nur zwei Häusern. Eines war sehr groß, mit einem
mächtigen Dach, das andere duckte sich langgestreckt
daneben.

Wohin gehen wir? Rudi wandte sich an Maria und
zeigte auf die vor ihnen liegende Landschaft.

Anscheinend zur Kirchwarft, war die nachdenkliche
Antwort.

Kirche? Rudi schien verwundert: *Da stehen doch nur
zwei Häuser. Wo ist da eine Kirche? Ich sehe keinen Kirchturm.*

*Oh, einen Kirchturm gibt es schon. Wenn wir näher kom-
men, dann kannst du ihn sehen. Er ist aber niedrig, mit nur
einer Glocke. Ein hoher Turm wäre bei unseren starken
Stürmen schnell beschädigt.*

Dann ist die Kirche das große Haus?

Nein, nein, das denken die meisten. Die Kirche ist das kleine Haus, und das große ist das Pastorat. Früher hatten wir einen eigenen Pastor, heute kommen die Pastöre vom Festland oder von den Inseln. Auch bei uns die gleiche Entwicklung wie im ganzen Land: die Glaubenstradition geht stark zurück. Aber die Touristen, die kommen, sie wollen eine offene und lebendige Kirche sehen. Es ist eine Handvoll Gläubige, die alles am Laufen halten.

Und wo beerdigt ihr eure Toten?

Der kleine Friedhof liegt gleich neben der Kirche, wirst du bald sehen. In früheren Zeiten lebten viel mehr Menschen auf der Hallig, heute sind es knapp hundert.

Schon näherte sich die Gruppe dem kleinen Hafen. Sie überschritten eine Brücke, alles wirkte idyllisch, trotz des regnerischen Wetters. Ab und zu brach ein Sonnenstrahl durch den dunklen Herbsthimmel und zeichnete zauberhafte Lichtspiele auf die Landschaft.

Nun waren sie am Fuß der Warft angekommen. Eine merkwürdige Anspannung, Erwartung, ja Hoffnung hatte die meisten ergriffen.

Gehen wir hinauf? Anita wartete nicht ab und ging los. Alle folgten, bis auf Ulf. Er zögerte lange, schlich dann aber hinterher und setzte sich unter den kleinen Glockenturm. Aus der Kirche tönte Gesang.

Es ist Sonntag, meinte Maria erstaunt, *Moment Mal, ich muss nachrechnen.* Sie schwieg und bekräftigte dann: *Ja, am Donnerstag bin ich gestorben, am Freitag seid ihr gekommen. Es ist Sonntagsgottesdienst.*

Wir könnten doch hineingehen?, Andy lachte leise, *keiner würde uns bemerken, oder?*

Auch wenn das so ist, sollten wir es nicht tun, meldete sich Nelly heftig, *sowas macht man nicht.*

Wie auf ein Zeichen hin wurde die Tür geöffnet und der Segen des Pastors erklang. Dann folgte das Schlusslied: *Gah rut, mien Hart, un söök die Freud. Dor, wo de Sommerwind nu weiht, dor schenkt di Gott sien Gaben….*

Ein Gottesdienst in Plattdüütsch, erklärte Maria, *ja, in den letzten Jahren hat man sich wieder durchgerungen, diese alte Volkssprache zu benutzen. Ich liebe Plattdüütsch. Alles ist so herzhaft, unkompliziert, ohne Schnörkel.*

Die winzige Orgel gab ihr Bestes und riss die kleine Gemeinde mit. Dann traten die Gläubigen aus der niedrigen Tür, schnell strömten alle nach. Viele spannten die Regenschirme auf, eilten zum Pastorat um dort bei Tee und Kuchen und einem kleinen Verkauf noch etwas Gemeinschaft zu genießen. Der Pastor erschien in der Tür und ermunterte alle, dem Pastorat einen Besuch abzustatten. Unten war der gelbe

Pferdebus vorgefahren. Viele eilten zu diesem urigen Gefährt, stiegen schnell ein, und so leerte sich die Kirche im Nu. Als die Organistin die Tür hinter sich zuzog, winkte Maria: *Kommt…*

Die Buntschatten betraten den langgestreckten niedrigen Kirchenraum. Es war recht dunkel und doch heimelig. Freundliche Farben gaben dem kleinen Gotteshaus eine einladende Atmosphäre. Die geschnitzten Bänke mit den Klapptüren waren in einem lichten Blau gehalten, in der Apsis funkelten zwei Glasfenster, über dem Altar dominierte ein großes Holzkreuz, eine alte Taufe mit den vier Evangelisten bereicherte die kleine Ausstattung. Das Prunkstück aber war die Kanzel mit Aufgang und Schalldeckel.

Sowas, wunderte sich Nelly, *da gibt es keinen Fußboden, nur Sand und Muscheln.*

Das muss so sein, erklärte Maria, *denn wenn der Blanke Hans uns besucht dann macht er vor der Kirche nicht Halt. Alles steht dann unter Wasser und oft ging auch die Ausstattung verloren. Die meisten Kunstwerke hier sind nicht von unserer Hallig, sie wurden nach Sturmfluten angetrieben, und wir haben ihnen eine neue Bleibe gegeben.*

Und nun, murrte Klaus, der immer Unzufriedene, *was sollen wir hier? Sagt mir nichts, ich habe diesem Popanz und diesem Aberglauben schon lange abgeschworen.*

Mehr Respekt, fauchte Anita, *und dein dauerndes Genöle nervt langsam. Ich jedenfalls ging immer sonntags in die Kirche, fast immer. Und es hat mir gutgetan, meinem Leben Halt gegeben.*

Klaus murmelte Unverständliches, schwieg. Inzwischen hatten sich alle in den vorderen Bänken rechts und links vom Altar versammelt, etliche standen und saßen auch im Altarraum. Der Regen pladderte und trommelte mit Gewalt an die Fensterscheiben.

Jetzt wäre Zeit für einen schönen heißen Tee oder einen Pharisäer, sinnierte Anita, fügte aber gleich hinzu: *Aber das ist nur eine Erinnerung. Komisch, eigentlich müsste es mir kalt und ungemütlich sein aber ist es nicht, ich brauche nichts.*

Alles fällt ab, bestätigte Esther, *alles rückt so weit weg. Die Gefühle werden flach, verschwinden. Ich schaue auf mein Leben wie eine Fremde und fühle, dass der Abstand immer größer wird, geht es euch nicht genauso?*

Nicken und ein Gemurmel der Zustimmung.

Ist euch schon aufgefallen, dass wir an Farbe verlieren?, bemerkte Rudi.

Tatsächlich, staunte Nelly, *gestern waren wir noch viel bunter und jetzt sind wir so blass, fast weiß und silbrig.*

Wir lösen uns auf…, ergänzte Maria nachdenklich.

Nein!, widersprach Anita, *nein! Ich will mich nicht auf-lösen. Ich bin ich und will nicht ins Nida… Dingsbums, wie heißt das woran die Inder glauben?*

Nirwana, schulmeisterte Rolf, *doch! Vielleicht lösen wir uns auf und gehen ins Nirwana ein. Was willst du dagegen tun? Ha, hast du immer noch nicht gelernt, dass die Zeit des Entscheidens und Handelns für uns vorbei ist?*

Ich bin Christin und Nirwana gibt`s nicht für mich! Wenn schon dann Auferstehung, beharrte Anita.

Na, dann viel Glück, spottete Klaus, *da muss man aber doch warten bis zum Jüngsten Tag, oder? Und der scheint noch nicht gekommen zu sein, wenn ich unsere Umgebung anschaue.*

Nein ! DER nicht, nicht DER! Ahmed war aufgesprungen, eilte nach hinten zur Orgel und packte einen zusammengesackten Buntschatten am Genick: *Raus mit dir! Raus, du Mörder! In einem Gotteshaus hast du nichts verloren. Ich bin Moslem, aber eine Kirche ist auch für mich ein heiliger Ort. Hier hast du nichts zu suchen.* Er schleppte die Figur, es war Ulf, vor die Türe, warf ihn hinaus.

Schweigen.

Das geht nicht, meinte Esther schließlich, *wir können ihn nicht rausschmeißen, wir haben kein Recht dazu.*

Wir haben kein Recht? Ahmed war aufgebracht: *Und das Kind, das er erschossen hat?* Er deutete auf Lizzy, die sehr ruhig die ganze Zeit auf den Altarstufen gesessen hatte.

Es ist schlimm was dieser Mensch getan hat, bestätigte Esther, *aber trotzdem haben wir kein Recht ihn aus der Kirche zu werfen. Jesus hätte es nicht getan.*

Jesus.

Der Name war gefallen, der Name des Nazareners, dieses seltsamen Mannes, der vor 2000 Jahren in einer abgelegenen Region des Römischen Reiches kurze Zeit als Wanderprediger durch das Land zog. Dann wurde er als Aufrührer am Kreuz hingerichtet. Eine verstörende Geschichte. Noch unverständlicher aber war, dass dieser Mensch, der nur 33 Jahre lebte, weder Reichtümer besaß noch ein anerkannter Lehrer und Weiser war, der aus einer kleinen Handwerkerfamilie stammte, seltsame Jünger und sogar Frauen um sich versammelte, dass dieser Mann, der keine Aufzeichnungen hinterließ, trotzdem die größte Religionsgemeinschaft auf dem Planeten begründete. Sein Auftreten wurde zur Zeitenwende und seine Lehre erwies sich als unbesiegbar.

Alle wandten sich dem Gekreuzigten über dem Altar zu.

Mein Gott, mein Gott, warum hast du mich verlassen?, murmelte Maria.

Lizzy stand auf, verließ die Kirche und kam mit Ulf zurück. Es war wie ein tiefes Ausatmen zu vernehmen, kein Geräusch der Erleichterung, eher so als würde nun ein Sturm der Entrüstung folgen.

Wieder blieb Ulf hinten in der Kirche sitzen.

Mit der Schuld möchte ich auch nicht herumlaufen, kommentierte Rudi.

Wir alle sind schuldig, kam es langsam von Andy, *wir alle…*

Alle? Unverständnis und auch Spott war in Rolfs Entgegnung zu hören: *Du vielleicht auch?*

Ja, wir alle, bestätigte Andy fest, *ich auch. Ihr denkt: Was will so ein Spasti schon an Schuld auf sich geladen haben? Der war doch total hilflos und musste froh sein, wenn sich andere um ihn gekümmert haben. Stimmt schon, körperlich war ich hilflos, aber geistig nicht. Es wurde zwar nur von wenigen bemerkt, aber mein Kopf war klar, ich lernte schnell, habe mich immer gelangweilt, war wütend über die Begriffsstutzigkeit und Schwerfälligkeit meiner Mitschüler. Mein Gott, diese ewigen Wiederholungen, dieses dauernde Runterschrauben vom Lernniveau. Es hat mich oft rasend gemacht, aber viele Lehrer haben es nicht gemerkt. Ich konnte mich ja kaum verständlich machen, hockte in* meinem Rollstuhl, böse und boshaft. Also habe ich die anderen getriezt, verspottet, angeführt. Da war einer, den konnte ich ganz leicht zum Heulen bringen, indem ich ihm klarmachte was für ein Idiot er war. Es war ein dauerndes Spiel ihn so runterzumachen, bis er plärrte. Die Lehrer haben nichts gemerkt, aber eine Erzieherin, die hat es mir einmal gesteckt. Die kam ganz nah an mich ran, hielt mir die Hände fest, schaute mich böse an und sagte: Andy, du bist ein Schwein. Mir machst du nichts vor. Du lässt deinen Frust und deine Wut an dem armen Kerl aus, der sich nicht wehren kann. Schäm dich! – Da hab ich mich auch geschämt und danach hab ich den anderen in Ruhe gelassen, bin ihm aus dem Weg gegangen. Aber ich hätte mich entschuldigen müssen. Dazu war ich aber zu stolz. Schließlich hat es auch nie einer gemerkt, nur diese Erzieherin. Das ist Schuld, und ich bereue was ich getan habe.

Pillepalle…, knurrte Rolf abfällig, ganz normal, dass Schüler sowas machen.

Keine Pillepalle, ereiferte sich Esther, wenn etwas Böses in die Welt kommt dann pflanzt es sich fort, man kann es nicht auslöschen. Nur, wenn man es aktiv wieder gutmacht. Ich verstehe Andy, ja, das ist Schuld und die bleibt.

Ah, dann bist du auch schuldig geworden, höhnte Klaus, du mit deiner glücklichen Familie, und das versteh ich auch nicht: In jungen Jahren bist du an Krebs gestorben, wo soll deine Schuld sein? Du müsstest doch darüber wütend sein.

In den besten Jahren bist du abgetreten. Schuld war wohl ein anderer…falls es den gibt.

Redest du von Gott?, warf Anita spitz ein.

Bevor der Streit weiter eskalierte, platzte Ahmed heraus: *Ich bin auch schuldig geworden, ja, ich bekenne meine Schuld.*

Du? Ein Flüchtling, der seine Familie verloren hat, der an den Folgen der Folter starb? Wo ist da deine Schuld?, wunderte sich Esther.

Ahmed sprudelte geradezu: *Ich war auch schuld am Krieg und Hass in Syrien. Ich habe meine Kinder im Hass erzogen, im Hass auf andere: die Regierung, die Ausländer, auf Andersgläubige. Auch in der Nachbarschaft habe ich gehetzt. Vieles ist schiefgelaufen in Syrien mit Korruption, Geheimdiensten und ständiger Vetternwirtschaft. Meine Wut war berechtigt, sicher. Aber zu spät habe ich erkannt, dass ich dasselbe tat wie meine Gegner: Hass säen und damit die Gewalt hervorrufen. Es ist wie eine Spirale aus der man nicht mehr herauskommt. Aus Gedanken werden Worte und zum Schluss Gewalttaten. Als es dann soweit war, bin ich geflohen, ich selbst wollte nicht gewalttätig werden, aber ich war ein geistiger Brandstifter und bin von daher schuldig. Dann machte ich mich auf die Flucht nach Europa und glaubte alles hinter mir lassen zu können. Aber es geht nicht: Die Bilder steigen immer wieder auf, vor allem nachts: die Folter, der ich ausgesetzt war, aber auch*

*meine bösen Taten. Lange habe ich mich als Opfer gefühlt
bis ich einsehen musste, dass ich auch Täter bin*, schloss er
verzweifelt.

Die anderen Buntschatten waren offensichtlich beein-
druckt, ja erschüttert.

Dann meldete sich Rudi: *Also da muss ich sagen:
Gottseidank habe ich eine solche Schuld nicht zu tragen. Ich
hatte Glück, immer Glück: zu einer guten Zeit wurde ich in
West-Europa geboren, habe immer Wohlstand und Frieden
erlebt. Mein Leben ist ruhig und sicher verlaufen, dafür bin
ich auch dankbar.*

Ein Leben ohne Schuld gibt es nicht, widersprach ausgerechnet Rolf.

*Aber ich habe niemanden betrogen, ich habe niemanden
verfolgt, war treu in* der Ehe, *habe meine Kinder frei erzogen*, protestierte Rudi.

Matthäus 25…, kam es leise von Maria.

Was heißt das?, ärgerte sich Rolf, *sprich nicht in Rätseln*.

Das Weltgerichtsevangelium…, kam es langsam von
Maria, *da werden die Schafe von den Böcken getrennt und
Jesus sagt zu den Böcken: Ich war hungrig und ihr habt mir
nichts zu essen gegeben, ich war fremd und ihr habt mich
nicht aufgenommen, ich war krank und ihr habt mich nicht
besucht…*

Ist das ein Vorwurf an mich? Der gemütliche Rudi war
getroffen.

Natürlich nicht, war Marias müde Antwort, *das habe ich
zu mir selbst gesagt. Unsere Schuld besteht mehr im Nicht-
Tun als im Tun. Im Wegschauen, im Nicht-Wissen-Wol-
len, im Umdeuten.*

Keiner reagierte.

Rudi war unruhig geworden: *Also so hab ich das noch
nicht gesehen, Nun gut, keiner hat mir etwas gesagt, keiner
hat mich aufgefordert. Woher sollte ich das wissen?*

Rolf lachte kurz und böse auf: *Ja, die alten Ausreden: die
andern sind schuld, die haben nicht auf mich aufgepasst, du
bist nicht originell. Wenn es aber um deinen Vorteil, deinen
Spaß, deinen Genuss ging, da musstest du nicht draufge-
hoben werden, oder? Da konntest du selbst handeln, oder?*

Ja, ja…, stimmt schon, antwortete Rudi verdattert.

Spiel nicht naiv, griff ihn Rolf weiter an, *schließlich warst
du 77 Jahre alt. Ich war auch nicht besser. Problematische
Familien hab ich ganz gut von meiner Schule entsorgt. Sie
mussten manchmal ihre Kinder auf Förderschulen anmel-
den, obwohl das nicht nötig war. Aber ich musste mich
nicht mit ihnen herumschlagen, das war die Hauptsache.
Das ist meine Schuld.*

Ich habe immer die Gesetze gehalten, meine Kinder ordentlich erzogen, war freundlich und hilfsbereit zu allen Menschen!

Solange es deine Bequemlichkeiten nicht gestört hat, bohrte Rolf weiter in der Wunde, *dann hast du dich schnell zurückgezogen. Motto: Nur kein Ärger! Jeder kennt diese Schuld, jeder. Unsere Schuld bestand in der Verweigerung, im Ausreden.*

Wir alle haben Schuld in dieser Form, mehr oder weniger, versuchte Maria abzumildern, *man spricht nicht darüber aber in seinem Inneren da klagt man sich an. Der inneren Stimme kann man nicht entfliehen.*

Du auch?, wunderte sich Rolf, *Ehrlich: Bei dir und deiner Menschenfreundlichkeit kann ich mir das nicht vorstellen. Woraus hat deine Schuld bestanden?*

Maria machte eine abwehrende Bewegung: *Doch, natürlich wurde auch ich schuldig: in meiner Ehe. Weil ich nicht weg wollte von der Hallig aber trotzdem heiraten, eine Familie gründen, weil mir die große Liebe nicht begegnet ist, habe ich einen geheiratet, der nicht zu mir passte. Ein fauler Kompromiss war es, ein Unrecht. Nils war ruhig, fleißig, anspruchslos, stellte nie Forderungen an mich, aber er war auch langweilig, kein Partner. Im Grunde gab es nichts was uns verband. Wir haben geheiratet, weil es eben so üblich war.*

Und das soll Schuld sein?, staunte Rudi.

Es wurde Schuld, fuhr Maria zögernd fort, *denn ich habe ihn dann zwanzig Jahre betrogen. Spät begegnete mir doch die große Liebe. Tom, ein Feriengast. Auch er war verheiratet, auch er war nicht glücklich, und so kam er einmal im Jahr für drei Wochen auf die Hallig. Ich richtete es immer so ein, dass in dieser Zeit Nils wichtige Besorgungen auf dem Festland hatte und dort Verwandtschaft besuchte. Es lief reibungslos. Drei Wochen Glück, Austausch, Erfüllung, da ließ sich der dröge Alltag mit meinem Ehemann ertragen.*

Na und? Klaus schüttelte den Kopf, *ein gutes Arrangement. Wer ist dabei zu Schaden gekommen?*

Dachte ich auch…, fuhr Maria leise fort, *…aber dann, auf dem Sterbebett sagte mir Nils: „Weißt du, ich habe darunter gelitten, dass du mich betrogen hast, dass du dachtest ich sei so ein Simpel, der die jährliche Verschickung auf's Festland nicht richtig deutet. Schon im zweiten Jahr wurde mir klar warum ich diese Auszeit von dir verordnet bekam. Ich bin nicht so gebildet und interessiert wie du, aber ein Depp bin ich auch nicht. Immer dachte ich: Irgendwann sagt sie es, irgendwann können wir die Situation bereinigen. Aber du hast immer geschwiegen, die Sache wurde zur Routine, du wurdest nachlässiger, hast dich öfter mal verraten. Wenn ich nach drei Wochen Auszeit wieder zurückkam, da warst du so froh und heiter, stets guter Laune,: und ich musste denken: So, jetzt war der andere wieder da und* sie hält es mit mir wieder aus. Es war beschämend, erniedrigend- vor allem auch, weil die Nachbarschaft durchaus Bescheid wusste. Aber niemand hat darüber geredet. Nur an manchen Bemerkungen war klar zu verstehen: armer gehörnter Depp. Doch ich hatte nicht die Kraft, einen Schlussstrich zu ziehen. Zu viele unangenehme Konsequenzen hätte es gegeben. Nochmal neu anfangen? Dazu hatte ich keinen Mut. Also habe ich geschwiegen und die Lüge mitgetragen. Und so wurde unsere Ehe immer mehr ein Lügengebäude."- Ich war entsetzt. Nun wollte ich eine Aussprache, aber Nils verweigerte sich und starb bald darauf. Wir haben uns nicht versöhnt. Dann baute sich meine Schuld immer mehr auf, sie wurde zu einer Last. Ich schleppe etwas mit mir herum, dass ich in meiner Lebenszeit nicht bereinigen konnte. Ich bin schuldig.

Es war ruhig geworden. Nelly meinte zögernd: *Vielleicht ist es das, was wir hier erledigen sollen? Wir sollen unsere Schuld bekennen? Vielleicht ist hier die letzte Chance die Last loszulassen?*

Unsinn, alles Blödsinn, kommentierte Klaus, *das ist Märchenstunde, macht keinen Sinn.*

Schaut mal! Lizzy betrachtete die alte Kanzel und stand an der kleinen Tür, deutete auf eine Holzschnitzerei. Diese zeigte einen blauen Walfisch, ein Muttertier und dahinter schwamm ein Junges, eine wunderbar anrührende und fast kindliche Darstellung.

Jetzt bin ich dran! Nelly riss sich zusammen und begann: *Schuld..., meine Schuld..., also eigentlich möchte ich auch sagen: Wieso? Ich hab niemanden geschadet, jedenfalls nicht bewusst. Sicher hab ich mal abfällig über andere geredet, auch mal etwas böse geklatscht. Aber sonst? Das macht doch jeder..., aber jetzt, jetzt denke ich anders darüber: So beginnt das Negative und wird dann zum Bösen. Ein unüberlegtes, dummes Wort ist in der Welt und wird immer größer, vergiftet langsam den Umgang miteinander. Ich verstehe, was Ahmed sagte...*

So bin ich auch schuldig, haben wir alle gemacht, schnatterte Anita dazwischen, *und von daher hebt es sich auf.*

Nein, widersprach Nelly, *nein. Auch wenn wir es alle mehr oder weniger getan haben – daraus entstand doch langsam das Böse, das will ich nicht schönreden. Vielleicht hätte man das stoppen können, einfach mit einer Entschuldigung. Aber man schweigt und ist stolz und kann sich nicht überwinden. Meine Gefühle sind nicht mehr so stark, ich kann mit Abstand über mein Leben nachdenken und das tut gut. Langsam bekomme ich einen klaren Kopf und ich verstehe jetzt, dass mein dauerndes Dienen und Versorgen,* meine Aufopferung gar nicht so edel waren. Ich forderte damit ständig Anerkennung und Dankbarkeit, indem ich meine Familie von mir abhängig machte, sie verwöhnte und nichts einforderte. Gegängelt hab ich meinen Sohn, wenn er auch machen konnte was er wollte, aber ich musste stets alles wissen, kommentieren und aufpassen, dass er mir nicht entfloh. Öfter wurde ich mal auf ihn angesprochen: er sei so merkwürdig antrieblos, würde „alt" wirken, hätte sich nicht selbständig gemacht. Davon wollte ich nichts wissen, habe jede Debatte darüber unterbunden, fand sie distanz- und respektlos. Meine Freundinnen sagten manchmal: Der Junge lebt in einem goldenen Käfig. Dann wurde ich wütend und so verschwand das Thema völlig. Naja, jetzt bin ich weg- vielleicht gut für ihn? Und mein Mann: Streit hatten wir selten, jeder sein eigenes Leben. Er akzeptierte alles, solange ich den Haushalt weiter so gut im Griff hatte. Ich war auch sehr aktiv: Fitness-Studio, Theater-Abonnement, Sprachkurs auf der VHS. Aber ehrlich: es war nie umsonst. Der Beifall und die Anerkennung der anderen, mein Status in der Gesellschaft, das war die eigentliche Triebfeder meines Aktionismus. Aus Liebe hab´ ich´s nicht gemacht…Liebe soll ja uneigennützig sein.

Ooch…, du übertreibst, schaltete sich Anita dazwischen, gut, ich verstehe deine Selbstkritik. Aber das ist doch keine Schuld, vielleicht kleine Sünden.

Kleine Sünden in einem kleinen Leben…, kam es leise von Nelly, aber hätte ich nicht mehr wagen können? Ich ging *immer auf Sicherheit, keine Experimente! Doch zufrieden war ich so auch nicht und glücklich schon gar nicht. Mein Hunger nach Anerkennung wurde immer größer, je älter ich wurde. Hätte ich mir selbst und den anderen mehr Freiheit gegeben, wäre ich vielleicht lockerer und glücklicher geworden. Ich wollte alles erzwingen, nach meinen Plänen und Vorstellungen und leider hat es auch meistens geklappt, äußerlich, meine ich.* Dann schwieg sie.

Die Köpfe der Buntschatten bewegten sich nun zu Anita.

Ich?, platzte die gleich los, *Ihr schaut auf mich? Also, also…was soll ich sagen: Ich bin sozusagen die Dritte in diesem Bund, ich meine mit Nelly und Rudi. Ich hatte ein ruhiges, ja…*, sie zögerte und stieß dann unwillig hervor: *ein komfortables Leben, bin auch alt geworden, fast achtzig Jahre und gesund war ich auch, meistens. Ja, ich habe mein Leben genossen. Mein Mann…, doch, wir hatten eine glückliche Ehe. Nur Kinder wollten wir nicht. Wir wollten reisen, die Welt sehen uns etwas gönnen. Das haben wir ausgiebig getan. Und geizig war ich nie: Nein, das kann mir jeder bestätigen: ich habe immer großzügig geschenkt und gespendet…* Sie verstummte plötzlich.

Weiter, drängelte Andy.

Was weiter? Das war es!

Und deine Schuld?

Schuld, Schuld..., Anita wandte sich ab, *also eine direkte Schuld habe ich nicht. Ja..., wenn ich jetzt zurückdenke, jetzt in diesem komischen Zustand wo alles so weit weg ist und mich fast kalt lässt, schon komisch...klar, ich hätte mich persönlich einsetzen können, in der Nachbarschaft, Gemeinde, bei Kindern in der Familie. Aber das war mir zu riskant. Ich wollte nicht enttäuscht werden, ich wollte mich nicht ärgern, wollte in keine unangenehmen Situationen kommen. Da hab ich lieber Geld gespendet, das war so ein Ausgleich..., ist das Schuld?*

Ja!, sagte Andy kurz und bestimmt.

Gut! Dann bin ich dran, meldete sich Rolf. *Naja, ich würde auch mal sagen: Schuld OK, schuldlos bin ich keinesfalls. Aber so das Übliche: Seitensprünge, meistens mit Kolleginnen in der Schule. Zugegeben: das war schon etwas blöd, weil es natürlich nicht unbemerkt blieb. Eine Affäre hätte mich auch fast die Stellung gekostet. Die Frau meinte es ernst und ließ sich scheiden. Ich aber hatte nicht vor meine Ehe zu beenden. Das hätte mich fast den Job gekostet, dieses ganze Wirrwarr und die Lügereien. Aber sie ging dann und ich wurde vorsichtiger.*

Und deine Frau?, kam es von Esther.

Meine Frau...meine Frau..., ja, was soll ich sagen: Sie wusste, dass ich Abwechslung brauchte, habe meine Affären auch ab und zu eingestanden. Blöd war, dass sie zwischenzeitlich Alkoholprobleme bekam. Aussprachen, Therapien, naja…dann hat sie wieder die Kurve gekriegt und auf ihre Art ihr Leben umgekrempelt: vegan leben, Meditationen, dieses chinesische Schattenboxen… also dieser Kram. Dann hat es sich wieder eingerenkt.

Aha, bohrte Esther nach, *und die Kollateralschäden?*

Kollateralschäden?

Ich meine mal die gehörnten Ehemänner, die Kinder aus diesen Ehen und vor allem die Schüler. Und auch deine Söhne. Die müssen das doch mitgekriegt haben, oder?

Rolf schwieg verdutzt, meinte dann: *Hab ich noch gar nicht darüber nachgedacht. Ob das so beachtet wurde? Mhm…vielleicht doch, stimmt. Sowas wie Spott und auch Ablehnung hab ich schon öfter gespürt. Mein Ältester jedenfalls…, der hat gleich gar nicht mehr geheiratet, super erfolgreich, kann sich alles leisten, ständig neue Freundinnen, aber so habe ich mir das nicht vorgestellt. Aber in diesem Zusammenhang?*

Als Pädagoge soll man dich Vorbild sein, oder?, stichelte Esther weiter.

Vorbild! Mein Gott, wer ist heute so hybrid, sich zum Vorbild zu erklären?

Weißt du was, du Klugscheißer, fuhr Andy plötzlich auf ihn los: *Ohne Vorbild läuft gar nichts. Vorbilder hätte ich auch gebraucht, aber meine Mutter hat es vorgezogen, mich in „fachkundige Obhut“ zu geben, so nannte sie meine Abschiebung. Mein Vater hat gleich nach meiner Geburt das Weite gesucht. Und so bin ich eben auch ein Arschloch geworden: Spasti aber mit hellem Kopf, der gerne seine Mitschüler quälte. An denen hab ich meine Wut und meinen Frust ausgetobt, vor allem wenn sie aus funktionierenden Familien kamen, denn ich war neidisch. Vorbilder hätte ich gebraucht, dann wäre ich nicht so fies gewesen. Ja, so war ich, bis Hanna kam, auch Spastikerin, aber ganz anders als ich. Sie war der erste Mensch, der für mich vorbildlich war, und vor allem: Sie war der erste Mensch, der mich liebte. Ach Hanna, wäre schön, wenn du jetzt hier wärst.*

Der zungenfertige Rolf schwieg. Seine Gestalt drückte Unsicherheit, sogar etwas Scham aus.

Die Reihe kommt an mich, ließ sich Klaus vernehmen, also gut. Wenn das alle gemacht haben, dann muss ich auch die Hosen runter lassen. Was ich so von euch erfahren habe: Naja, da kann ich ganz anders aufwarten: Ich war Chef, Boss. Über mir war keiner, und alles was mir gefährlich wurde, hab ich rechtzeitig weggebissen, versetzt oder eliminiert. Mit den Frauen…, natürlich ließ ich nichts anbrennen, warum auch? Die Kinder sind trotzdem gut geraten, war wohl meiner Frau zu verdanken. Sie hat früh meine Herrschaft akzeptiert. Dafür bekam sie ein finanziell abgesichertes Dasein, konnte sich Luxus leisten, ständig neue Mode kaufen, viel reisen. Es war ein Deal zwischen uns.

Ein Deal?, wunderte sich Anita, *eine Ehe ist doch kein Deal.*

Warum nicht? Klaus deutete auf Maria und Nelly: *Auf ihre Art haben sie ihre Ehe doch auch als Deal gestaltet.*

Und bereut…, ergänzte Maria.

Ich bereue so richtig nichts, schnaubte Klaus, *eure Selbstgeißelung, nee…, kann ich nicht mitmachen. Fressen und Gefressen-werden. So lautet die Devise in dieser Welt. Gut, man sollte einige Grenzen einhalten. Hab ich auch getan. Moralisch ein Schwein, geb´ ich zu, aber kriminell – da bin ich doch zurückgeschreckt, kriminell war ich nie. Wenn ich auch mal gerne am Rande der Legalität handelte…, aber ich hatte immer alles im Griff.*

Warst du glücklich oder mindestens zufrieden?, fragte Andy provokant.

Klaus stutzte: *Zufrieden? Glücklich? Nee…, das waren nicht meine Vokabeln. Reich, mächtig, gefürchtet…, das war ich!*

Armes Schwein.

Besser als der! Klaus drehte sich zu Ingo um. Der Selbstmörder hatte bisher geschwiegen…. *Ein Versager ist doch am schlimmsten. Ich gebe zu, dass ich Leuten geschadet habe, auch Existenzen vernichtet, anderen habe ich genutzt, das ist nun mal so im Business. Aber ich habe*

etwas zustande gebracht, ein Firmenimperium gegründet.
Und so einer: Bringt sich um wegen Nichts! Das ist Schuld
für mich!

Ingo hob langsam den Kopf: *Wenn ich euch so zuhöre,*
dann muss ich ihm rechtgeben. Ihr habt alle etwas zustande
gebracht. Ich aber war ein Versager und Feigling. Wo auch
immer wir hinkommen: Ich habe nichts vorzuweisen. Ich
bin auf Gnade und Barmherzigkeit angewiesen. Aber we-
nigstens habe ich jetzt den Mut das zu sagen. Früher habe
ich immer andere beschuldigt, zum ersten Mal bekenne ich
meine Schuld.

Auch eine Leistung, höhnte Klaus.

Ein vielfältiges Zischen brachte ihn zum Schweigen.

Wer bleibt noch? Andy musterte die Runde, bis er zu
Esther kam.

Ich, sagte diese ruhig, *ich habe noch nicht gesprochen.*

Das brauchst du auch nicht, beschwichtigte sofort Anita,
du hattest so ein hartes Schicksal: Familie, zwei kleine Kin-
der, dann der Krebstod. Das ist furchtbar.

Kein Leben ohne Schuld, wiederholte Esther leise, *auch*
ich habe Schuld.

Die Köpfe drehten sich neugierig in ihre Richtung.

Ich bin schuldig, ja, ich fühle mich schuldig, weil ich meine Eltern vernachlässigt und zum Schluss im Stich gelassen habe. Meine Eltern heirateten spät, spät kam ich zur Welt, ein einziges, vielgeliebtes Kind. Ich war ihr Mittelpunkt, ihr Ein und Alles. Ich wuchs in großer Liebe mit viel Förderung auf, alles gelang mir, das Leben war leicht, mein Glück schien endlos. Schon mit Anfang Zwanzig lernte ich die große Liebe meines Lebens kennen: Boris, meinen Mann. Ich war im siebten Himmel. Selbstverständlich verließ ich sofort mein Elternhaus und folgte ihm nach, zog von Norddeutschland an den Rhein. Dann bekam ich sehr rasch die beiden Kinder. Glück war für mich eine Selbstverständlichkeit, sowas wie Verdienst und Anrecht. Aber ich war nur glücksverdummt.

Wo ist da Schuld?, unterbrach sie Anita.

Oh ja, ich habe Schuld auf mich geladen, fuhr Esther fort, *ich vergaß meine alten Eltern. Ich kümmerte mich nicht um sie. Ab und zu eine Karte, ein Telefonat, kaum Besuche. Es war alles so lästig, so weit weg. Sie passten nicht mehr in mein neues schwungvolles und unbeschwertes Leben. Dann wurden beide schnell hinfällig, Mutti starb. Vermutlich auch aus Kummer darüber, dass ich so kaltherzig war, fast den Kontakt abgebrochen hatte. Papa kam ins Pflegeheim: Demenz. Für mich war das sogar ein Grund mich nicht mehr um ihn zu kümmern. Wozu auch? Er hätte mich nicht einmal erkannt. Also regelte ich organisatorisch und finanziell das Notwendigste, mehr nicht. Dann starb auch er, und ein Jahr später brach bei mir der Krebs aus.*

Strafe?, fragte Anita neugierig und ziemlich gefühllos.

Esther hob die Schultern: *Ich gebe zu- zuerst habe ich auch so gedacht. Warum ich? Was habe ich verbrochen? Dann fielen mir die Eltern wieder ein… Ja, eine Weile habe ich die Krankheit als Strafe empfunden. Dann kam ich davon ab, der Krebs veränderte mich.*

Wie?, Anita blieb unsensibel dran.

Ich verstand, dass mein Leben bis dahin recht oberflächlich, selbstgefällig, ja selbstbezogen verlaufen war. Der Krebs warf mich auf mich selbst zurück. Irgendwie trat ich eine Reise in mein Inneres an, manchmal hielt ich mein Leben fast für verfehlt.

Mhm…so also, kommentierte Anita, *trotzdem: tut mir leid für dich.*

Wer war noch nicht dran?, Nelly war aufgestanden und blickte in die Runde.

Lizzy und der da!, war Andys Antwort, der auf den Attentäter und das Kind deutete.

Lizzy, du bist raus!, griff Rudi ein, *Und der da…na, auf eine Wiederholung verzichten wir alle gern.*

Der Regen hatte aufgehört, ein Sonnenstrahl glitt durch den Kirchenraum. Eines der Glasfenster malte ein wundervolles buntes Lichtspiel auf dem Boden des Altarraumes. Das Fenster zeigte Jesus, der auf den Wellen wandelte und den kleingläubigen Petrus zu sich hochzog. Rolf war dem Lichtspiel gefolgt: *Wasserwandeln*, lachte er, *vielleicht sollten wir das auch? Immerhin, in diesem Zustand vielleicht möglich? Vielleicht sollten wir rausgehen, aufs Wasser und einfach weitergehen? Hier ist doch unsere Reise zu Ende? Oder?*

Lizzy sprang plötzlich auf. Sie winkte, lief durch die Kirche und bedeutete: *Kommt! Kommt mit mir!*

Die Buntschatten standen langsam, zögerlich auf und folgten der Kindergestalt vor die Tür. Himmel und Erde schienen wie gereinigt, völlig frisch glänzte alles in der Sonne. Das Schönste aber: Über der Hallig wölbte sich ein riesiger Regenbogen. Ein frischer Wind blies, die letzten Rosen und Astern bewegten sich anmutig, die sturmgebeugten Bäume rauschten, eine würzige Seeluft erfrischte die Natur. In den Buntschatten regte sich eine Ahnung von Aufbruch und Reise, eine zaghafte Hoffnung auf Zukunft. Gab es doch noch eine Zukunft?

Das Kind stand mitten auf dem kleinen Friedhof, an einem seltsamen Grabstein. Lizzy holte mit ihren Ärmchen weit aus und deutete fast melodramatisch auf den Stein: *Hier!* Und nochmal vernahmen alle sehr eindringlich: *Hier!*

Was ist das? Ist das Kunst?, plapperte Anita gleich wieder los.

Das ist ein Grabstein mit einer Geschichte, kam es leise von Maria.

Es war wirklich ein merkwürdiger Grabstein. Er zeigte einen Meeresausschnitt, die Wellen schlugen hoch und oben auf der Wasseroberfläche lag ein langes breites Boot. Kein Ruder, kein Segel waren zu sehen. Dafür am Bug ein großes Kreuz. Noch seltsamer: im Boot lagen Menschen, alle ohne Kleidung ohne individuelle Kennzeichen. Sie hatten die Arme über die Köpfe erhoben und schienen sehr still. Im Wechsel lagen sie aufgereiht, dicht gedrängt, nicht der kleinste

Platz war zwischen den Figuren übrig. Und weiter rätselhaft: jeder hatte ein Auge. Dieses Auge war übergroß und offen.

Das ist aber komisch…

Oh Anita, dachte Rudi, *kannst du nicht einmal für dich denken? Müssen wir das alles mitkriegen?*

Rolf strich über die kleinen Figuren, die mit gelben Flechten bedeckt waren: *Hat das eine Bedeutung? He, Lizzy, du hast uns hierher gebracht. Was bedeutet das?*

Aus Lizzy kam es wie ein Lachen: *Das kannst du nicht verstehen? Es sind die Toten, die mit dem Boot in die andere Welt gebracht werden, ist doch bekannt…*

Charon und sein Nachen…, sinnierte Rolf, *die alte griechische Sage. Aber einen Fährmann gibt es nicht, nicht mal ein Ruder. Lizzy,* fuhr er spöttisch fort: *Wie soll das Boot fahren?*

Die kleine Gestalt schwieg und nur ein zarter Finger wies auf das Kreuz am Bug.

Das Kreuz ist der Motor?, staunte Rolf.

Lizzy nickte.

Quatsch!, war Klaus Kommentar.

Moment mal…, Rudi hatte seine mächtige Hand ausgestreckt, er begann zu zählen: *1,2,3…., es sind zwölf, zwölf!,* schrie er.

Na und?, kam es missmutig von Klaus.

Wir sind auch zwölf, erwiderte Rudi langsam, *das sind wir! Wir in einem Boot. Wir zwölf mussten uns hier treffen. Und warum ausgerechnet wir? Warum diese Auswahl?*

Wir zwölf sind aus allen Altersgruppen, aus allen Lebens-bereichen, ganz verschiedenen Schicksale und Todesursa-chen, wir sind …. ja … wir sind eine kleine Auswahl der Menschheit, kam es sehr sicher von Maria: *Vielleicht können wir nur in dieser Gemeinschaft die weitere Reise antreten. Zwölf ist die Zahl der Vollkommenheit.*

Unruhe entstand in der Gruppe.

Lizzy, stimmt das, was sie sagt?, Rolf beugte sich nach vorn und packte das Kind bei den Schultern.

Lizzy nickte sehr langsam und ernsthaft.

Ein Durcheinander ging los: *Ein Boot? Wo? Warum? Wir sollen wegfahren? Wohin? Wann?*

Die kleine Gestalt hatte sich eng an den Grabstein ge-stellt, ihre winzigen Hände lagen auf den steinernen Figuren im Boot. Dann hob sie ihre Ärmchen und die Hände formten sich als würden sie zwei Kugeln hal-ten, während der linke Arm langsam nach unten sank, der rechte Arm langsam aufstieg, dann über einem gedachten Horizont stehen blieb.

Bei Sonnenaufgang! Morgen!, rief Maria.

Lizzy nickte.

Wir kommen fort? Fort von hier?, klagte Nelly.

Na, willst du weiter hier bleiben und herumirren?, wies sie Andy zurecht.

Nelly schüttelte verwirrt den Kopf.

Klaus hatte sich abgewendet, machte eine abwehrende Bewegung und wäre fast mit dem Attentäter zusammengestoßen, der sich unbemerkt angeschlossen hatte. Die Buntschatten, nein, man müsste nun sagen die Silberschatten, liefen auseinander. Einige suchten allein einen Ort zum Nachdenken, andere standen zu zweit oder zu dritt zusammen. Die Stimmung war merkwürdig. Alle wirkten aufgeschreckt, nervös, angespannt. Die bisherige Apathie war abgefallen.

Du Maria, Rudi streckte den Arm nach ihr aus, *du, das ist so unwirklich-wirklich. Hier soll es doch die Spökenkiekerei geben und Menschen, die das zweite Gesicht haben. Du jedenfalls scheinst mir von der Bootsgeschichte gar nicht überrascht.*

Maria nickte: *In meiner Kindheit gab es eine Nachbarin mit dem zweiten Gesicht. Ihr Mann war mit einem anderen Halligbewohner auf See und eines Morgens sah die Frau sich selbst und die Ehefrau des anderen in Trauerkleidung am Strand stehen. Zwei Tage später bekam sie die Todesnachricht. Und die alten Leute glaubten auch an Wiedergänger.*

Wiedergänger?

Das sind Tote, die zurückkommen und die Lebenden besuchen.

Also wir, lachte Andy.

Maria schüttelte den Kopf: *Nein, wir kommen nicht wieder. Wir haben hier eine Art Zwischenstation und warten auf unsere Überfahrt.*

Die Dämmerung war bereits hereingebrochen, die ersten Sterne blinkten, es wurde Nacht. Keiner verließ den Friedhof. Alle verbrachten diese letzte Nacht zwischen den Gräbern. Die einen schweigend, die anderen sich lebhaft austauschend. Die Frage der Schuld bewegte noch alle…So vergingen die Stunden, bis die Schwärze abnahm, langsam am Horizont ein heller Streifen immer breiter und strahlender wurde. Dann stieg die Sonne auf. Ehrfürchtig erhoben sich die Schatten. Sie begriffen: ein letztes Mal sahen sie dieses großartige Schauspiel.

Lizzy begann zu hüpfen und schlug wieder Räder. *Auf, auf…kommt…*Sie winkte den silbernen Schatten zu und diese begannen ihren letzten Marsch. Zunächst ging es den Hügel hinunter, dann auf der Wiese weiter an der großen Warft entlang. Der gelbe Pferdebus war schon wieder auf dem Weg zur Anlegestelle. Die kräftigen Pferde stampften, ein leises

Wiehern war zu hören, der Morgennebel hüllte die Szene wie in einen Traum ein.

Lizzy, Lizzy, wohin gehen wir?, rief Rudi besorgt.

Das kleine silbrige Rad rollte etwas zurück, wirbelte um die Gruppe herum und deutlich vernahmen alle: *Nach Hause! Nach Hause!* Keine Kommentare, keine Fragen, auch kein Spott mehr. Ein Gefühl von Ballast-Abwerfen von Befreiung erfüllte die meisten, die Angst verschwand.

Auf dem Hauptweg unterhalb der Warft stand ein Schild mit der Aufschrift: LANDSENDE. Lizzy wirbelte darauf zu und weiter ging der Weg zur letzten Warft, die ganz in gleißendes Sonnenlicht getaucht war. Die Silberschatten bewegten sich nach Osten, in ihnen keimte eine Hoffnung. Vögel stiegen aus den Wiesen auf, zwitscherten und sangen, alles schien wie neu.

Dann umrundeten sie halb die letzte Warft und sahen plötzlich das Meer. Glitzernd, blau, tief und unendlich weit breitete es sich aus. In der Ferne die Insel mit der Kirchturmruine. Nun ging es den Hang hinunter, und vor ihnen lag das Boot: groß, breit, flach, mit Kreuz und ohne Ruder. Ein Fährmann war nicht zu sehen.

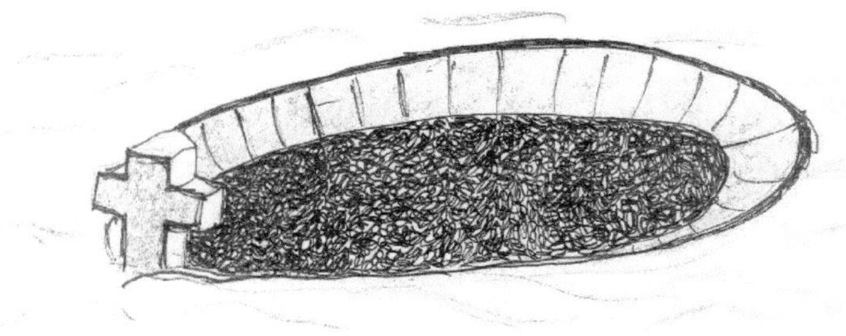

Niemand war erstaunt, niemand redete, niemand zögerte. Elf Gestalten näherten sich dem Wasser, eine zwölfte Gestalt folgte in geringem Abstand. Dann hatten sie das Wasser erreicht. Einige konnten tatsächlich auf der Oberfläche laufen.

Schweigend legten sich alle ins Boot, so als hätten sie es schon oft getan. Die Großen in die Mitte dann die Mittelgroßen, ganz außen lagen die Kleinen: Lizzy und Esther. Klaus winkte herrisch und ungeduldig den zwölften Schatten heran und bedeutete ihm in der Mitte zu liegen. Alle streckten sich lang aus, die Arme über dem Kopf, die Gesichter in den strahlenden Morgen schauend. Die Sonnenstrahlen berührten die seltsamen Körper und in diesen breitete sich ein Gefühl des Wohlbehagens, der Erleichterung und Zuversicht aus.

Einige Zeit ruhte so das Boot, dann bewegte es sich sehr langsam auf die offene See hinaus. Ein leises Plätschern des Wassers war hörbar. Leicht glitt das Gefährt über die spiegelglatte See und die Reisenden fühlten, wie es schneller wurde. Dann war das Wasserplätschern nicht mehr zu hören.

Hoch oben zogen Wildgänse in einer großartigen Formation durch die strahlende Bläue, und auch die Schatten fühlten, wie sie aufstiegen und ihr Boot im Firmament Fahrt aufnahm

.

Ein Autorenduo mit Inklusionshintergrund

AugenOhr steht für die Zusammenarbeit der Autoren Lutz Riehl und Christina Kupczak. Beide kennen sich über eine langjährige gemeinsame Zusammenarbeit in den Bereichen Integration und Kultur. Lutz Riehl ist von Geburt her fast blind und sehr intensiv durch das Hören geprägt, während Christina Kupczak auf eine vierzigjährige Erfahrung in der Arbeit mit gehörlosen Menschen zurückblicken kann. Auf diese Weise treffen die beiden Welten „Auge" und „Ohr" aufeinander.

Neben individuellen schriftstellerischen Projekten in den Bereichen Lyrik (Riehl) und Erzählung (Kupczak) arbeiten beide auf dem Gebiet des Theaters zusammen. Dies umfasst nicht nur das Schreiben von Stücken sondern auch deren Inszenierung und klangliche Ausgestaltung.

Im Oktober 2019 hatte die erste integrative Theater-produktion des Auroenduos – die musikalische Ko-mödie HÄNDEL UM HÄNDEL - seine erfolgreiche Premiere. Bedingt durch die Corona-Krise 2020 haben sich beide dem Hörspiel zugewandt. Darüber hinaus verfügt AugenOhr-Frankfurt über einen eigenen Y-ouTube-Kanal.

Weitere Informationen über unsere Personen und unsere Tätigkeit erfahren Sie auf unserer Homepage:
www.augenohr-frankfurt.de

Weitere Bücher von Christina Kupczak

Leonardos Rezept – Eine Betrachtung über Leonardo da Vincis Abendmahl und die Gebärdensprache
Dehm-Verlag 2013, ISBN 978-3-943302-15-8

Nachrichten aus dem Unterholz –
50 Miniaturen um das Evangelium
Dehm-Verlag 2014, ISBN 978-943302-20-2

Wilgefortis – Für die starken Frauen
Dehm-Verlag 2016, ISBN 978-3-943302-32-5

Heimsuchung in Magdeburg – Ein deutsches Märchen
Fromm-Verlag 2017, ISBN 978-620-2-44075-2

Gaudete – Eine Weihnachtserzählung
Fromm-Verlag 2017, ISBN 978-620-2-44085-1

Am Jakobsbrunnen – Roman
Fromm-Verlag 2018, ISBN 978-613-8-35049-1

Schafsträume – Ein ökumenisches Märchen
Fromm-Verlag 2018, ISBN 978-613-8-35139-9

Unsere Jahrhundertfrau
BoD 2020, ISBN-13: 9783750481169